AF131270

# Recueil

Une collection d'histoires plus ou moins délirantes
mêlant fantastique, science-fiction et humour.

*Et puis d'autres trucs.*

© Jean-Pierre Moya 2022
Édition : BoD – Books on Demand, info@bod.fr
Impression : BoD – Books on Demand, In de Tarpen 42,
Norderstedt (Allemagne)
Impression à la demande
Premier depot: juin 2022

ISBN : 978-2-322-43736-8
**Dépôt légal : juin 2022**

# Avant-propos

Cet ouvrage rassemble des essais et des récits imaginés en parallèle avec l'écriture de romans. Certaines de ces histoires ont été publiées sous le format e-book, quelques romans ont été édités en format papier et e-book, dont la liste est fournie en fin de ce recueil. Même si j'imagine toujours des histoires courtes, je ne les transcris plus afin de me consacrer aux seuls romans.

Deux annexes complètent cet ouvrage, l'une détaille un scénario, l'autre liste des projets de romans.

# Histoires délirantes

Les huit récits qui suivent ont été publiés au format e-book en 2013. Cette publication n'est plus disponible à ce jour. La lecture de ces histoires vous fera vite comprendre l'adjectif que je leur ai attribué.

Je n'ai pas conservé le format papier de la rédaction manuscrite ou à la machine à écrire de ces récits, et je n'en ai pas noté la date initiale lors de leur transcription au format numérique. Je ne peux que donner une large estimation du moment où j'ai imaginé ces récits, c'est-à-dire dans les années 70/80.

# Le couteau sans lame

- Merde, merde, merde, merde, merde !
- Que t'arrive-t-il ?
- Le dossier Castor ! Je ne le retrouve pas ! Merde ! Et Monsieur Castor qui vient en fin de matinée pour sa demande de crédit !

André, le collègue de Marc, le regardait d'un air amusé, lui, tournoyant, soulevant tout dossier à sa portée, ouvrant tiroirs et portes de placard, et recommençant ces inspections dans un ballet incessant, lui si calme d'habitude, qui perdait son flegme pour un dossier, lui qui n'avait jamais paru si excité... Enfin lassé de voir son manège, il l'interpella :

- Du calme ! Tu as bien regardé sur ton bureau ?
- Mille fois !

Marc avait répondu le nez dans la corbeille de papiers... Il volait de place en place, soulevait des poussières de documents et modifiait l'ordonnancement des choses ; il allait, venait, virevoltait, toujours déçu dans ses recherches ; il courait d'un endroit à l'autre alors que son regard, qui ignorait ce que faisaient ses mains, allait d'un endroit à un envers... Sa nervosité prenait de l'ampleur et devenait apparente, elle se dessinait sur son visage qui rougissait et blanchissait sous les flux et reflux d'un sang à la circulation mal maîtrisée par un cerveau aveuglé de stress.

Enfin, vaincu par l'évidence de ses vaines recherches, il se planta devant André. Il redressa son dos voûté d'années assis à son bureau, comme pour éviter toute contradiction, comme pour signifier qu'un refus serait lourd de conséquences. Mais l'effet était bizarre, surnaturel, à la limite du comique. Il se donnait par cette posture baroque une intensité dramatique étrange et déplacée. Il lâcha d'un souffle :

- Je l'ai oublié chez moi ! Je l'ai étudié chez moi hier soir. La demande de crédit de Monsieur Castor posait certains problèmes qu'il fallait que j'étudie absolument...

Marc, après être resté raide tel un gamin interrogé en classe, allait et venait à présent, soucieux de son futur. Il se façonnait un visage apeuré, puis il dit d'un ton effaré :

- Monsieur Castor vient en fin de matinée ; il faut absolument que je récupère son dossier ! Tu me remplaces, je retourne chez moi chercher le dossier. J'en ai pour moins d'une heure...
- Ne t'en fais pas, je surveille la boutique !
- Merci... Je serai de retour vers dix heures.
- Tu ne téléphones pas à ta femme avant de partir ?
- Pourquoi donc ?

Les yeux d'André pétillaient de malice et un sourire malin s'esquissa sur son visage alors qu'il répondit :

- Ce n'est pas prudent et extrêmement grossier. Un peu de décence, que diable ! Pense combien il est déplaisant de surprendre sa femme avec son amant. Il faut savoir être galant pour s'éviter de désagréables surprises. Tu téléphones, tu préviens que tu arrives, ainsi tu laisses à l'amant le temps de partir et à ta femme le soin de t'accueillir comme il se doit. Pas de risque de scène de ménage, pas de situation délicate à gérer... Tout va bien. Tu ne sais rien, tu ne vois rien, tu as l'esprit tranquille des hommes heureux en ménage. Tu es comblé avec ta femme, pourquoi tout gâcher d'une maladresse facile à éviter ?

André pouffait entre chaque tirade lancée d'un ton ironique. Avachi sur son fauteuil, il avait posé négligemment les pieds sur un tiroir entrouvert de son bureau. Marc haussa les épaules avec dédain :

- Quel idiot ! Bon, j'y vais. Surtout, ne t'étrangle pas de rire...

En ouvrant la porte, Marc esquissa un léger sourire pour lui-même en pensant à cet imbécile qui ne croyait pas si bien dire.

***

C'était un grand jour pour lui, c'était LE jour ! Il avait quitté le bureau depuis moins de cinq minutes qu'il était déjà dans la voiture et que le moteur ronronnait - mais avec moins de plaisir que son cœur. Son cœur à lui aussi ronronnait, il tapait une cadence folle et il s'emballait plus vite que la voiture n'accélérait.

Au premier feu rouge, Marc sortit de sous son siège un dossier nommé, en gros caractères rouges et en lettres à peine capitales : "DOSSIER CASTOR". Il y jeta un œil distrait et amusé avant de le placer avec précipitation dans son porte-documents au moment où le feu passait au vert. Il conduisait en douceur, d'une prudence inhabituelle. C'était SON jour, avec un grand J, et il ne devait rien arriver de fâcheux sur le parcours qui le menait à la maison. Tout devait se dérouler comme il l'avait prévu, il n'avait pour cela négligé aucun détail. Il prenait un prétexte quelconque pour rentrer chez lui à l'improviste, mais ce prétexte ne devait pas être si quelconque : il ne fallait pas que sa femme puisse se douter un instant qu'il viendrait. Le dossier oublié était dans la voiture, tel qu'il l'avait décidé. Il ne pouvait pas prendre le risque qu'elle le trouve à la maison, il ne pouvait pas accepter qu'elle puisse croire, ne serait-ce que d'une manière fugitive, ou par cet incroyable instinct féminin, que lui, Marc, son mari, puisse revenir dans la matinée. Tout était prêt, les images de ce qu'il ferait aussitôt arrivé chez lui étaient imprégnées au plus profond de son cerveau. Elles se déroulaient inlassablement, toujours plus précises, toujours plus nettes à ses yeux. Ce film personnel et vital, Marc l'avait créé, imaginé depuis des jours et des semaines. Il en avait conçu les moindres détails, les plus infimes dialogues, même ceux qu'on n'exprime plus avec des mots, mais avec un regard évocateur, une mèche subtile de rébellion, un geste lourd de sens... Tout était prêt, les objets à leur place, les êtres à leur destinée, et les situations en ordre. Marc avait tout préparé, mis les cartouches dans le fusil, justifié son absence en cours de matinée, occurré l'événement - sa mauvaise fortune - et jeté les dés pipés. Il lui fallait un alibi, il l'avait ; il voulait une victime, il l'aurait ; une arme serait nécessaire, son fusil de ball-trap accroché dans le salon ferait l'affaire...

En méditant sur son alibi, il éclata d'un rire amer expiatoire. Il songea alors au juge, empreint de mansuétude devant son douloureux visage accablé d'un juste désarroi... Comment ne pas accorder sa clémence à un pauvre homme pris d'une folie fugace à la vue de cette ignominieuse forfaiture qui souillait son honneur d'homme et de mari ? Il restait une condition essentielle, la surprise du mari trompé. En effet, qui accorderait une seule circonstance atténuante à un crime prémédité ? Alors qu'un crime passionnel, sous le coup d'une colère aveugle...

***

Il faisait une chaleur torride dès le matin en cette magnifique journée d'été. Les grosses gouttes de sueur qui perlaient sur tout le corps de Marc avaient la triple origine du cumul de la canicule annoncée, de l'effort à grimper les escaliers, et de la tension qui croissait à l'approche de l'acmé fatidique. Ces marches qui le menaient au troisième étage de l'immeuble, à son appartement, Marc les montait avec une certaine jouissance, un ravissement non dissimulé. Il grimpait tout en douceur, sans bruit, par à-coups - ces petits bonds successifs dans le sens de sa délivrance -, et il haletait aux aguets à chaque pause. Sa tête était emplie de ce qu'il faisait, et uniquement de ce qu'il faisait. Tout son être était abandonné à son effort, ce but proche qui inhibait tout le reste, qui ne faisait du monde que son monde, qui centrait tout sur lui et le déifiait.

Enfin au point culminant de son but, Marc pénétra dans l'appartement avec une violence contenue. La porte s'était ouverte sans difficulté d'une manière molle et feutrée. Il n'y eut aucun obstacle, aucune serrure ou verrou qu'il eut fallu forcer sans heurt. Marc était d'une rougeur extrême après cet effort, la sueur qui jaillissait de son corps l'inquiétait par son crépitement sur le carrelage. Il marqua une pause pour remettre de l'ordre dans ses idées afin de recouvrer la maîtrise de soi. Il devait poursuivre au mieux vers l'instant fatal. Il s'était imposé d'être en pleine possession de tous ses moyens physiques et mentaux pour décharger son fusil à coup sûr tout en savourant avec exaltation ce moment d'explosion finale. Il entrevoyait cette scène comme une apothéose après avoir longtemps entretenu cette vengeance qui devait lui apporter une juste délivrance et, il en était persuadé, un moment de bonheur ineffable.

Il entendait le couple adultère dans la chambre tout à côté, chuchotant et riant, sourds d'amour. Cependant, sans hâte maladroite, il suivit méthodiquement le plan préconçu. Il alla au salon où il sortit le fameux dossier de son porte-documents pour le poser sur la petite table centrale, puis le dissimuler sous les quelques revues féminines abandonnées là. Ce premier point de son alibi confirmé, son porte-documents sous le bras, il s'approcha de la porte de la chambre pour s'assurer du flagrant délit. De la porte entrouverte il découvrit la pièce baignée du soleil matinal qui pénétrait à flots par la fenêtre aux battants écartés. Il vit sa femme et son amant étendus nus sur le lit, prenant successivement des positions qui ne laissaient aucun doute sur leurs ébats. La mine rougeaude de Marc grimaça à la contemplation d'un déplaisir pourtant annoncé.

En effet, il savait depuis plusieurs semaines que sa femme le trompait. Le premier doute lui était venu au printemps, alors qu'en pleine nuit elle avait crié un prénom qu'il ne pouvait attribuer à personne de sa connaissance. Ce nom, elle l'avait clamé dans son sommeil, le réveillant, lui, l'obligeant à écouter deux fois encore ce prénom qui allait devenir sa hantise, son tourment, ce prénom qui ne pourrait plus évoquer en lui que haine et sentiment d'infamie. Elle l'avait répété dans un cri de plaisir, plein d'une ferveur passionnée, puis d'une manière qu'il jugea immonde, susurrée d'un mysticisme qu'il n'avait jamais reçu, même au plus fort de leurs amours. Elle était retombée ensuite dans un bienheureux et profond sommeil qui ne fut plus troublé par le moindre sursaut jusqu'au petit jour. Quant à lui, il était resté assis sur le lit toute la nuit, l'esprit empli de ténébreuses pensées à la regarder dormir d'un sommeil relaxé... Et il s'était levé avant que le réveil ne sonnât, avant que les yeux de sa femme ne découvrissent son regard. Dans la salle de bain il s'évertua à effacer de son visage sa mauvaise nuit, et si possible son amertume.

Lorsque ce même matin, au cours du petit déjeuner, il lui avait demandé si elle connaissait une personne portant le prénom maudit entendu, elle s'était détournée pour plonger dans le réfrigérateur à la recherche d'un argument inexistant. Elle avait éludé la question, elle avait fermé son esprit à l'investigation, mais trop tard. Marc l'avait vue rougir et remarqué cet embarras dénonciateur qu'elle reportait sur la recherche vaine de confitures.

A présent, il l'entendait à nouveau ce prénom injurieux. Elle le répétait et le répétait, sans pudeur, sur tous les tons qu'autorise l'amour, comme pour le narguer et le noyer d'opprobre. Marc les regardait fixement, paralysé de souvenirs malsains. Ses tempes battantes faisaient affluer le sang sous forme de vagues de tempête qui fouettaient son amertume jusqu'à faire éclater sa mémoire tourmentée par son obsession contenue.

Il avait fini par savoir qui était ce rival, à force d'investigations personnelles. Il n'avait eu nul besoin de détectives, il avait mené son enquête seul, comme un professionnel, et il s'en félicitait. En effet, si quelqu'un lui avait appris son infortune conjugale, comment aurait-il pu préparer ce qu'il allait accomplir aujourd'hui ? Comment aurait-il pu tuer impunément en étant certain de la clémence de la justice ? Il avait procédé avec méthode, il avait détourné le courrier pour l'examiner et le rendre sans trace de son inspection, il avait surveillé son appartement des journées entières, profitant de congés à l'insu de sa femme, il s'était rendu au travail normalement en voiture, puis il avait laissé son véhicule comme d'habitude devant la banque pour revenir en bus, de façon anonyme. S'il avait caché la voiture au coin d'une rue, son épouse aurait pu l'apercevoir incidemment. Il avait toutefois supporté le risque qu'elle puisse téléphoner à son agence, mais comme elle ne l'avait jamais fait dans le passé, il avait estimé ce risque minime. Il fut soulagé en constatant que le temps et les événements lui avaient donné raison. Il s'était procuré un micro-espion pour les écoutes téléphoniques. Il avait acheté un scooter pour pouvoir la suivre, méconnaissable sous son casque. Pendant deux semaines, il avait surveillé toutes ses allées et venues, les gens qui entraient et sortaient de l'immeuble, les coups de téléphone qu'elle donnait et recevait. Sans grande difficulté, il avait fini par découvrir, effondré et désespéré, l'identité du Don Juan qui l'avait conquise. Un jeune homme de bonne famille, assez fortuné, belle gueule, avait créé son infortune. Évidemment, Marc souffrait la différence, il ne possédait pas la moitié de tous ces attraits. Il se savait battu d'avance, il savait qu'il ne pourrait reconquérir le cœur de sa femme face à cet amant aux multiples qualités. Impuissant, il avait décidé de ne rien dire devant cette évidence. Il avait repris son travail et sa vie normalement, à peine plus attentif à sa femme, mais peut-être, sans en avoir vraiment conscience, un peu plus affectueux... Et le temps passait sans changement notable d'attitude de qui que ce soit, lui ou elle, sans qu'il osa aborder le sujet de ses préoccupations. Il savait qu'ils se voyaient toujours. Elle devenait plus belle, plus désirable. Il sentait dans ses changements infimes la présence de l'autre autour d'elle, et il attendait le moment fatidique, l'instant maudit où elle se dévoilerait pour le quitter. Les jours et les semaines s'étaient égrainés, identiques les uns et les unes après les autres.

Il ne pouvait plus supporter ce mensonge constant, cette épée de Damoclès au-dessus de son couple, et par là, de son cœur brisé. Ce silence méprisant l'agaçait. Pourquoi ne demandait-elle pas le divorce ? Le peu de biens qu'ils possédaient était négligeable face à la fortune de son méprisable amant. Grâce à son enquête, Marc avait appris que l'amant aussi était marié, mais il ne devait pas sa fortune à sa femme. Alors quoi ? Il ne comprenait pas. Était-ce pour eux un jeu sans lendemain, ou une manière érotique de jouer avec le feu ?

Marc ferma les yeux avec un soupir retenu afin de rejeter toutes ses questions, ses doutes, pour ne garder que ses certitudes. En effaçant de son regard ces amants adultères, il coupait court aux envahissements délétères de sa mémoire. Il se remettait dans le chemin qu'il s'était tracé, il allait tuer ! Il reprit son scénario en retournant en silence chercher le fusil qu'il savait chargé. De peur du bruit, il ne vérifia pas que les cartouches étaient en place. Il se savait, quoiqu'il arrive, assez rapide pour aller le charger avant qu'ils n'aient pu s'enfuir. Le moment ultime était venu. Blanc d'une colère méthodiquement accumulée, il n'hésita pas un instant devant la porte de la chambre qu'il ouvrit d'un violent coup de pied, si impétueux qu'elle faillit le déséquilibrer en retour par son rebond. Il cria son amertume et lança avec rage son porte-documents devant lui. Sa femme se jeta dans les bras de son amant en hurlant. Ils frissonnèrent tous les deux, bien que dégoulinants de sueur. Marc fut brièvement pris d'une nervosité maladroite qu'il évacua en épaulant son fusil. Il se sentit le maître absolu, le demi-dieu qui décide de vie et de mort. Il considéra satisfait, presque joyeux, les quatre yeux qui fixaient horrifiés son arme. Il ajusta la mire sur le thorax de l'amant pour le toucher à coup sûr... à une si faible portée, la mort serait certaine... sa femme serait peut-être blessée, peut-être tuée elle aussi, mais il avait jugé son sort sans importance... son doigt ne trembla pas lorsqu'il pressa la détente...

Ils sursautèrent tous les trois au moment de la déflagration. Après un moment d'hébétude, un sourire se dessina sur le couple fautif lorsqu'ils décrispèrent leurs paupières pour oser regarder leur avenir. Le large sourire qui s'était épanoui sur le visage de l'amant se changea subitement en un rire nerveux qui devint vite un rire moqueur. Ils s'embrassèrent, heureux d'être encore en vie, ravis de l'issue fatale inattendue, cependant effrayés au fond d'eux-mêmes.

Marc ne comprenait pas. Il était là, il les voyait, mais d'une façon étrange. Il les entendait, mais d'une sonorité bizarre. Et ils disaient qu'il était mort... D'ailleurs, il sentait très bien que sa tête était en bouillie, avec son visage à moitié arraché par l'explosion de la culasse du fusil. Il percevait très bien que son sang avait fini de couler, tari par la baisse de pression cardiaque.

***

Marc se trouva tout hébété devant l'immense corpulence de Lamort. Elle correspondait bien aux descriptions qu'il avait pu lire de son vivant. Il se remémorait les récits de tous ceux qui avaient vu Lamort de près, ou même de ceux

13

qui l'avaient juste frôlée. Il la toisa. Lamort mesurait bien 1m95, voire 1m98 si on comptait la faux. Son squelette cadavérique était à peine visible, tout enveloppé d'une immense draperie noire posée avec élégance pour l'encapuchonner. Ses os, de conception blancs immaculés, saillaient des membres supérieurs pour tenir la faux et un langage gestuel aux élans sauvages volontairement dramatiques. Sa faux était sanguinolente d'un liquide rouge ressemblant, dans la pénombre où ils évoluaient sur place, à du sang à peine coagulé.

Ce fut d'une voix caverneuse mais non gutturale, et pour cause, que Lamort s'adressa à Marc :

- Ton temps sur terre s'achève ; suis-moi !
- Vous voulez dire que mon heure est venue ?
- Oui. Allons. En route.
- Je suis donc mort ? Pour de vrai ?
- Me prendrais-tu pour un infirmier à bord d'une ambulance ?

Cette plaisanterie fit naître sur son faciès commun le rictus caractéristique des dents sans lèvres ni joues. Marc constata aussitôt que Lamort ne manquait pas d'humour sous ses airs austères.

Lamort continua, sans desserrer les dents, toujours avec la même mélodie :

- Voilà, c'est ici, prends ta file...
- Mais... Nous ne sommes pas encore partis et vous nous dites déjà arrivés ?
- Tu te crois sur terre ? Ici, le temps n'existe pas. Donc, la distance non plus.

Marc regarda la longue file de décédés devant lui, puis interrogea :

- Il faut que je fasse la queue ?
- T'as compris, bonhomme !

- Mais vous avez dit que le temps n'existait pas ici ! Et la distance non plus ! Pourtant, quand on voit cette file mortelle...
- Commence pas à m'agacer, tu veux !

Avant que Marc n'ait pu ajouter un mot, Lamort avait disparu puis revenait avec un autre individu, puis un autre, puis encore un autre... Si bien qu'en peu de temps -s'il était possible de parler de temps ici-, Marc se trouva en crise au cœur d'une longue file qui ne semblait se mouvoir que par à-coups et dont il n'en distinguait déjà plus l'extrémité où continuait, pensait-il, à s'activer Lamort.

Les lieux où évoluait Marc, sans bouger ou si peu, étaient baignés d'une pénombre grise illuminée par des coups d'éclair noir flamboyant qui éclataient d'une manière cyclique, à chaque fois que l'une des files se mettait en mouvement. Marc discernait cinq files qui convergeaient vers... une rivière, ou un lac, ou la mer ? Il lui était impossible de le dire, tant la pénombre était pesante et la brume légère mais épaisse d'humidité. Un fin brouillard masquait la rive opposée, s'il y avait rive. Marc pouvait, avec quelque effort, distinguer d'un œil mort des embarcations qui quittaient pleines cette rive-ci pour aller se perdre dans la brume. Toutefois, elles ne se perdaient pas tout à fait puisqu'elles revenaient à chaque fois vides de leurs chargements. A chaque nouveau départ, un éclair noir éclatait sans bruit dans le ciel. Ces embarcations étaient au nombre de cinq, autant que de files humaines. Hormis l'eau, la rive dessinée par cette même eau, les fantasques queues irréelles d'êtres humains, et un sol tout aussi irréel, il n'y avait rien, rien de matériel, rien de ce qu'il est possible de nommer sur terre, rien d'un paysage où rattacher tout un langage concret de mots créés par l'homme pour le seul jeu de la description. Il n'y avait qu'un paysage de mort, avec des morts comme il y sied.

Marc s'adressa à l'homme qui le précédait, un homme en armure rutilante de rouille sans doute victime d'une agacerie sur les lieux d'une reconstitution historique :

- Excusez-moi...

Comme l'autre ne se retournait pas, qu'il ignorait qu'on puisse s'adresser à lui, ou qu'il était plus simplement victime d'une surdité maladive ou accidentelle, Marc attira son attention en tapotant sur son épaule sans éviter de le toucher et en réitérant son excuse :

- Excusez-moi...

L'autre se retourna :

- Est-ce bien vous, mécréant, qui attirez mon attention céans en tapotant sur mon épaule ?
- Oui-da. Excusez-moi...
- Ça fait trois fois !
- Quoi donc ?
- Ça fait trois fois que vous vous excusez ; il suffit donc !
- Je vous demande pardon...

L'autre leva les yeux au ciel avec un soupir retenu.

- Tudieu ! Vas-tu arrêter et me dire ce que tu veux !
- Eh...
- Hé bien ?
- Heu...
- Alors ?
- Je ne sais plus...
- Bigre !
- Je suis navré, mais tout ce qui m'arrive est si inattendu... J'ai quelques difficultés à réaliser. Mais vous aussi, bien sûr. Nous sommes tous dans le même cas !
- Moi, non.
- Tiens donc ? Vous n'êtes pas mort ?
- Ha ! Ha ! Bien évidemment, que je suis mort ! Que ferais-je en ces lieux si telle n'était pas ma condition ? Cependant, je ne suis pas perdu, mentalement j'entends. Je sais ce que je fais ici. Je sais pourquoi, comment, mais je ne sais

pas ce qui m'arrivera et, ventrebleu, je m'en moque ! J'ai suffisamment vécu, avant et après ma mort, alors...

Un fou ! Marc s'imagina être tombé, sans se faire mal, sur un fou, ce qui expliquerait l'accoutrement de bal masqué de "l'autre", comme il a été nommé jusqu'ici puisqu'il ne s'est pas encore présenté. Il entra dans son jeu, bien qu'il n'en connaisse pas les règles, plus pour s'occuper l'âme que pour l'aspect purement ludique de la conversation :

- Que faites-vous ici ?
- Ha ! Ha ! La queue, pardi !
- Je le vois bien, mais pourquoi ?
- Essayez de faire autrement !

Marc remua au possible, essaya de marcher, de changer de direction, mais rien n'y faisait, tous ses mouvements ne l'amenaient qu'à pousser son prédécesseur.

- En effet, je n'y arrive pas. Mon corps n'obéit pas. Serait-ce ce qu'on appelle la raideur cadavérique ?
- Pardieu, non ! Ici ou ailleurs, je n'ai jamais vu un cadavre bouger de sa propre volonté.
- Mais ce n'est pas ma volonté que d'avancer dans cette file !
- Que vous disais-je ! Même ici le bon vouloir d'un mort n'est pas écouté !
- Comment êtes-vous arrivé ici ?
- Parbleu, comme tout le monde, par Lamort !
- Vous n'en savez donc pas plus que moi ?
- Oh ! Que si, beau jeune homme ! Et croyez-moi, si je dis "beau jeune homme", c'est parce que je me dispute avec la moitié gauche de votre visage... Pour parler franc, la moitié droite, où qu'elle soit, m'importe peu. Auriez-vous eu ce qu'on pourrait appeler un accident ?

Effrayé par un souvenir proche, Marc porta la main au côté droit de sa tête. L'armure continuait de parler, elle n'était audiblement pas intéressée par un semblant de réponse à son point d'interrogation :

- Sachez, chère demi-tête, que ce n'est pas la première fois que je me trouve ici à suivre cette file de moutons humains. Apprenez donc que je suis mort il y a quelques siècles. Combien exactement ? Je ne sais plus. Pour moi, cela a si peu d'importance... J'ai vécu, et je prétends que je vis encore malgré ce qu'en pensent et disent tous ces gens réputés vivants sur terre. Je m'y trouverais encore sans bien avoir à me chercher, si Lamort n'était pas revenue me prendre. Elle m'a retrouvé ! La faute à tous ces faquins ! Ces imbéciles qui ne souhaitaient que ma disparition ! Ces impertinents m'ont chassé, moi, maître de ces lieux depuis le départ sans retour de mon père pour les croisades ! Moi qui ai fait la renommée du château à mille lieues alentours ! Qui peut prétendre avoir mieux hanté que moi ? J'ai effrayé des générations de domestiques et fait pâmé de jouissance moult dames de noble naissance ! Ce sont les bourgeois, ces parvenus, ces arrivistes avant même de partir qui m'ont fâché, mon bon monsieur ! Ils sont venus chez moi, dans mon antre, avec des idées du peuple, des volontés de changement là où l'immuable s'imposait, pour troubler ma quiétude par pure bassesse anti-aristocratique ! Je les hais et les maudis ! Puissent-ils geler en enfer !
- Que vous ont-ils donc fait ?
- Ces infâmes ont changé mes armoiries ! Ils m'ont brisé le cœur, d'un coup bas, en traître, dans l'écu. Sous prétexte de raviver les ornements, ils ont transformé la devise du clan des Mac Uye "Juste et Fier" en "Juste fier". Pour des économies de lettres, tout simplement pour réduire d'un "et" ! Lésiner sur le sucre et les gâteaux secs, je veux bien l'accepter, mais se passer d'"e-t", c'est inadmissible ! Mon sang bleu, bien que n'abreuvant plus mon corps, n'a fait qu'un tour, je suis devenu le cauchemar de leurs nuits, le tourment de leurs vies. J'ai accompli tout ce qui est du ressort d'un fantôme. J'ai utilisé l'inquiétude du bruit,

l'horreur des apparitions, les frissons du vent d'outre-tombe, et j'ai inventé les pires nausées qu'un être humain vivant puisse supporter.

- Ce qui a incité Lamort à venir vous chercher ?
- Parbleu, nenni ! Lamort ne décide rien. Elle n'exécute que sa tâche, pas les vivants. Elle est chargée d'amener ici ceux que le monde vivant chasse, et uniquement ceux-là.
- Tous les morts ne viennent pas ici ?
- Oh si ! Ils finissent tous par venir ici, mais c'est plus ou moins long. C'est une durée indéfinissable. Les âmes des morts peuvent hanter les esprits aimants pendant quelque temps avant que Lamort ne les emporte.
- C'était votre cas ?
- Ha ! Ha ! Non, vertubleu ! Je suis mort d'une façon trop violente, bien avant d'avoir suscité l'amour. Je n'ai pas eu droit à cette mi-temps sur le parcours du monde aux enfers. Ce semble aussi être votre cas, oseriez-vous le nier ? Non, mon pauvre ami, j'ai bénéficié d'une erreur, comment dire ? D'un défaut de cette organisation posthume.
- Dites-moi ?
- Ha ! Ha ! Je vois que je vous intrigue. Ou, plutôt, que je vous intéresse... Mais pas de fausse joie. Ce qui m'est arrivé n'arrive que très rarement. Il faut avoir de la chance, sera-ce votre cas ? Je ne sais pas . Attendez Lenabot.
- Le nabot ? Qui est-ce ?
- En voilà une question ! Je n'en sais rien ! Attendez-le, il viendra peut-être. Vous verrez alors.
- C'est lui qui a changé votre condition en celle de fantôme ?
- Je ne dirais plus rien sur ce sujet. Je ne voudrais pas vous créer des envies inassouvissables.
- Me direz-vous alors comment vous, fantôme, êtes-vous revenu ici, dans cette file ?

- Sacrebleu ! De la plus infamante des façons, un exorcisme ! Un vieux curé de campagne a réussi à me chasser, moi ! Moi, dont le père a servi Dieu de la plus juste foi en donnant sa vie pendant les croisades ! Quelle ignominie !
- En effet... Et vous revoici ici, dans cette file. La même ?
- Bien sûr, la même file ! Tudieu, on ne mélange pas les morts, ici ! Une queue par continent, voilà la juste mesure ! Quoique j'eusse souhaité que pour ma lignée, il soit fait une scission entre la noblesse et la plèbe, cela dit sans vouloir vous froisser.

Marc examina d'un œil, le gauche bien sûr, la file de personnes qui le précédaient et le suivaient. Il regarda attentivement d'une façon distraite les autres files, et il ne put s'empêcher de faire part de sa réflexion :
- Sans vouloir vous contredire, il me semble qu'il y ait comme un petit mélange de peuplades dans ces queues...

L'armure se tourna et se retourna, jusqu'à en perdre l'orientation. Enfin, pointée vers le nord magnétique, elle exhuma quelques paroles étranglées :
- Parbleu ! Tu as raison ! J'en suis complètement déboussolé ! Qu'est-ce donc que ce mélange ?
- Lamort ferait-elle des blagues ? Je l'ai trouvée assez joviale malgré son métier.
- Non. Ce n'est pas vraiment ce qu'on pourrait appeler un pince-sans-rire.
- Elle m'est apparue moins effrayante que toutes les descriptions qui en sont faites. J'irais même jusqu'à la croire capable d'une pointe d'humour.
- Au bout de sa faux ? Non mais, tu as vu comme elle serre les dents quand elle parle ? Effrayant !
- Je crois qu'il serait plus terrifiant qu'elle desserre les dents en parlant...
- Ha ! Ha ! Parbleu, non, fils ! Crois-moi, moi qui ai exercé comme fantôme, je t'assure qu'une tête de mort qui

articule sa mâchoire pour parler, ça ne fait pas peur, ça fait rire !

Marc ne l'écoutait plus, sauf d'une oreille distraite, la droite, celle qui était restée là-bas, il ne savait plus où. Il était subjugué par un type qui avançait dans sa direction à pas mesurés, à l'anglaise naturellement, en pouce et en pieds. Il l'entendait distinctement, de l'oreille gauche, celle qui ne s'était pas laissée distraire par le fusil, épeler les lettres de l'alphabet, puis des signes de ponctuation. Après avoir crié "!", il s'arrêta pile à sa hauteur pour lui faire face :

- Vous êtes l'élu ! Félicitations ! Vous êtes celui qui pourra sortir de la file !

Éberlué, Marc toisa en contre-plongée l'hurluberlu qui mesurait un mètre, quatre-vingt-dix-neuf centimètres et neuf millimètres. Il fut surpris, mais une seule mesure suffit. De l'intérieur du heaume, une voix narquoise s'échappa :

- Tiens ! Revoilà Lenabot !

Le nouveau revenu ignora l'armure, sans mépris ni dédain, juste comme si elle n'était pas là, cette âme immatérielle à l'existence apparente. Marc s'interrogeait tout haut :

- Bon sang, qui arrive donc ?

- Il ne faut pas jurer ainsi ici, mon cher élu. Je vais vous donner quelques explications, vous entendrez, tout est simple. Êtes-vous réceptif ?

- Que faire d'autre ? Je suis bloqué ici.

- Vous pourriez refuser de m'écouter.

- Bof.

- Vous voyez bien ! Que vous disais-je !

- Que je pourrais refuser de vous écouter.

Lenabot, ainsi que le nommait l'armure, faillit montrer une expression mêlée d'impatience, de réprobation, d'agacement, de désespoir, de tristesse, de lassitude, de découragement, de consternation et d'un zeste de citron. Il retint tout ceci à son grand soulagement en chassant la réplique d'un geste rapide de la main :

- Non, vous n'y êtes pas.

- Où suis-je donc ?

- Écoutez-moi, il suffit ! Cette file où vous êtes condamné, dans ce sens, vous mène vers l'Enfer ou vers le Paradis en passant par le purgatoire. Cependant, ce n'est pas un état immuable. Il existe une alternative, offerte à une personne sur "!" dans chaque file.

- Pourquoi toutes ces files ?

- Une par continent, mais cessez de m'interrompre. L'histoire est simple, mais si vous me faites perdre le fil... C'est que j'ai d'autres clients ! Donc, chaque queue mène à une barge pour passer sur l'autre rive. Elle est remplie sur cette rive-ci, part débarquer son lot sur la terre promise, et revient avide pour un nouveau voyage. Cependant, il y a comme un défaut. C'est-à-dire que, à chaque fin d'embarquement, le champ divin qui vous maintient dans la file se rompt et permet à une personne et une seule de s'échapper, celle qui serait la première pour le prochain embarquement, c'est-à-dire VOUS !

Marc se remémorait les paroles de l'armure : " bénéficié d'une erreur, défaut de cette organisation posthume..."

- Comment pouvez-vous être sûr que ce sera moi ?

- Parce que cet embarquement-ci s'arrêtera juste devant vous. Je viens de le vérifier. J'ai épelé mon alphabet, consonnes et voyelles, et les signes de ponctuation sauf le point d'interrogation. Tout y est. Vous êtes le point d'exclamation, c'est donc vous. J'en suis certain.

- Mais ce ne serait pas plus facile de compter ?

Lenabot réfléchissait, perplexe.

- Mais vous avez raison ! Ce sera plus commode que d'omettre le point d'interrogation. J'ai été obligé de le supprimer, sinon ça n'allait pas !

- Mais utilisiez-vous le o-e collés ?

- Oui
- Le a-e collés ? Le o barré ?
- Non. Juste les signes français !
- Pourquoi pas anglais, espagnols, danois ?
- Ça ? ? ? J'ai essayé toutes sortes de méthodes pour déterminer l'élu ! Je suis dément ! Nom de D...
- Il ne faut pas jurer comme ça ici, Lenabot.

C'était l'armure qui venait de parler. Elle poursuivit :

- Fais attention, petit, Lenabot est un suppôt de Satan. Je connais le refrain, il te dit qu'il a trouvé le défaut par hasard, qu'il veut rendre service aux esprits, que c'est par pur altruisme, mais ne le crois pas. Si tu t'échappes, tu dois le faire en pleine conscience que tu hypothèques ton âme au Diable.
- Ne l'as-tu pas fait toi-même ?
- Bien sûr, et sans regret. Mais j'espérais ne pas avoir à tenir compagnie à Satan de sitôt.

Lenabot s'amusait beaucoup :

- Se faire piéger par un exorciste ! Grand dadais...

Lenabot se retourna vers Marc :

- Décidez-vous vite, c'est bientôt votre tour !
- Pourquoi vous appelle-t-il nabot ?
- Mac-le-dadais ? Peut-être parce que je n'ai pas la même représentation pour tous ? Mais je pense que c'est son âge avancé qui le rend défaillant. Mac n'y voit plus très bien. C'est à cause de sa cataracte déformante qu'il a été exorcisé. Il croyait voir des changements partout et il a fini par exaspérer ses hôtes. Mais pensez à vous et laissez-le bouder. N'avez-vous pas envie de retourner sur terre ? Ne voudriez-vous pas hanter quelques mortels, ou assouvir une petite vengeance ? C'est tout ce que je vous offre. Il vous suffit de vous propulser sur la gauche à la fin de l'embarquement, à l'instant précis où l'éclair jaillit et signifie la rupture du champ. Vous saurez y arriver ?

- N'ayez crainte, je vous suis. S'il y a moyen de sortir d'ici, je n'hésite pas !
- Voilà qui est bien parlé ! C'est bientôt à vous, attention !

En effet, Marc approchait de la rive où la barge s'était emplie. Des quelques places qui restaient, il n'en demeurait plus une seule lorsque Mac, dans un bruit effrayant de métal rouillé, s'installa. Un éclair sourd au bruit aveuglant signala la fin de l'embarquement et, au moment où le passeur donna une impulsion pour le départ du bac, Marc fit un bond sur le côté gauche, profitant ainsi de la fraction de seconde propice, de ce trou dans l'espace-temps de l'antichambre de la mort. Lenabot aida Marc à se relever et lui tendit ce que seuls les yeux inutiles d'un mort pouvaient voir : un couteau sans lame dépourvu de manche.

- Pourquoi ?
- Un petit cadeau qui pourrait s'avérer utile. C'est le seul moyen de tuer un mortel. Il vous suffit de l'enfoncer dans le cœur d'un vivant avec tout le poing pour le tuer de ce que la médecine humaine appelle « une crise cardiaque ».

Marc soupesa l'article défini ci-dessus. Sans le chercher, il le trouva d'un poids irraisonnable. Il resta ainsi à le regarder une fraction d'éternité, l'esprit ému et dubitatif, son âme rivée au centre de leur espace infini...

*** 

Le nabot lui avait indiqué la manière de partir de cet endroit morbide vers cet envers vivant qu'il connaissait si bien pour n'en avoir pas connu d'autre. Il lui suffisait de penser à la terre, à la destination où il souhaitait se rendre. L'esprit libéré de sa contrainte matérielle, de son enveloppe charnelle de timbré mais non cachetée, l'esprit donc, est tout puissant dans l'espace et le temps. Il peut voir partout à la fois, il peut interférer psychologiquement avec les mortels et être vu d'eux, entendu, senti, goûté, mais tout contact lui est impossible. Tous les sens peuvent être sollicités, hormis le toucher. Lenabot lui avait dit que c'était juste une question de mauvaise volonté, qu'il suffisait de vouloir, puisque vouloir c'est savoir.

Lenabot était reparti vers la destinée d'un autre mort, autre fantôme potentiel, autre ange en sursis. Il l'avait laissé là, lui, devant une telle solitude qu'il dût se forcer à la contourner avant de partir en courant d'un pas lent. Vu de haut, il se trouvait une allure singulière mais il ne s'en étonnait pas puisqu'il était seul. Il pensait à tous ces morts qu'il venait de quitter et qui, eux, devaient avoir une allure bien plurielle.

Il se hâtait avec lenteur, sentant, tout proche, la présence de sa femme dans un futur peu éloigné. Il distinguait un chalet perdu dans la montagne, mais trouvé par lui. Tout en l'ignorant consciemment, il les savait là, sa femme et l'amant maudit. Ils passaient leurs vacances dans un endroit merveilleusement isolé où tout resplendissait d'un bonheur qui lui meurtrissait l'âme. Il humait de son œil unique le goût rugueux de ces bruits lugubres de gaieté qui montaient du salon où brûlait un feu de bois, ardent comme leur passion. Il ne les avait pas encore rejoints, ni même vus, cependant il l'imaginait, elle, dévorant son amant des yeux, ses paupières voluptueuses mastiquant érotiquement leur amour, seulement troublées par un petit claquement de satisfaction qui ne pouvait qu'émerger par intermittence...

Il ne supportait plus les visions de son esprit et il décida d'avancer encore quelque peu pour se rendre compte immatériellement de la réalité ou de l'irréalité des faits. Aussitôt parvenu à l'étage de la maison, il entreprit de descendre en haut de l'escalier la première marche, qui était la dernière si on se plaçait du point de vue du bas de l'escalier qui n'avait rien demandé et n'avait pas son mot à dire. L'heure du retour était venue. Ses yeux, malgré l'absence de l'un, regardaient avec délectation l'invisible serré par sa main fantomatique, le couteau sans lame dépourvu de manche...

***

L'amant maudit était dans le salon, assit sur un large fauteuil, les pieds nus face au feu de bois qui crépitait dans la cheminée. Il avait les yeux fixés d'un regard vague sur les bûches rougeoyantes et sifflantes, l'air béat et rêveur. Il tenait avec une certaine mollesse dans la main gauche une pipe éteinte.

La veuve de Marc n'était pas dans cette pièce, mais sa présence se devinait dans la cuisine aux néons allumés malgré l'éclat du jour finissant. Quelques bruits de vaisselle, d'eau, de portes, indiquaient la vie dans cette pièce attenante au salon. Marc eut un léger sursaut de surprise en la voyant apparaître dans l'encadrement de la porte... Elle était vêtue d'un charmant tailleur. De la main droite, elle tenait un plateau qu'elle approcha de son amant pour le servir d'une boisson fumante. Marc n'avait plus l'odorat des choses matérielles, cependant il devina qu'il s'agissait de thé. Il approcha lui aussi, furieux mais ne sachant que faire. Il tenait serré son couteau et son visage se crispa d'une humeur malsaine.

- Ah !

Elle venait de pousser un cri d'effroi, suivi du fracas du plateau et de la théière s'écrasant sur le plancher. Marc fit un bond en arrière et se dissimula, lui, l'invisible, derrière un ficus. Invisible, il ne l'avait plus été l'espace d'un instant, fantôme exposé involontairement à la vue de son ex-femme. Lenabot l'avait prévenu de ses pouvoirs, mais il ne l'avait pas mis en garde contre les sentiments extrêmes qui pouvaient lui faire perdre son propre contrôle. Il était apparu bien malgré lui. Cependant il s'était ressaisi et il avait disparu aussitôt le hurlement poussé. Il s'était caché bien inutilement, comme un enfant fautif. Il se maudissait de sa maladresse tout en frissonnant d'une haine mal contenue.

- Qu'est-ce qu'il y a ? Tu es toute pâle... Regarde-moi ! On croirait que tu viens de voir un revenant ! Hé ! Je suis là !

En jouant la bonne humeur, l'amant s'efforçait de dédramatiser une situation qui lui échappait, toutefois sans se douter qu'il avait touché la vérité. Il posa sa pipe avec soin, puis se précipita pour la rejoindre :

- Eh bien, dis-moi ! Respire ! Reprends des couleurs !

Elle hésitait. Ses yeux tournoyaient sans arriver à se fixer sur l'homme qui lui faisait face, comme cherchant avec une appréhension non contenue à voir derrière lui, au-delà de ce visage au sourire rassurant, mais sans jamais oser jeter un coup d'œil sur le côté, par-dessus son épaule. Enfin, elle expira quelques mots :

- Je l'ai vu !
- Quoi ? Qui ?
- Marc ! Je l'ai vu !

Elle crispait son visage, elle était au bord des larmes. Il l'entraîna à sa suite sur le fauteuil pour la faire asseoir sur ses genoux. Ce fut à ce moment qu'elle éclata en sanglots. Le visage noyé dans son épaule, elle inondait de larmes sa chemise dont un pan en fut rapidement trempé. Il essayait de la consoler en lui caressant la tête. Ses doigts fins se perdaient dans sa chevelure abondante qu'ils faisaient ondoyer. Il resta de longues minutes ainsi, calme, en lui chuchotant des mots rassurants à peine audibles. Il lui parlait tout bas, à l'oreille, comme on parle à un enfant malade assailli par la douleur, jusqu'à ce que la peine s'apaise et que le sommeil gagne. Elle redressa la tête et renifla :

- Je l'ai vu...
- Tu as cru le voir.
- Peut-être. Je ne pensais plus à lui. Depuis sa mort, il avait cessé de hanter mes nuits... et je le revois tout à coup, tel

qu'il était allongé par terre dans la chambre... C'était horrible ! Il était debout, avec sa tête sanglante comme lorsqu'il est mort. Je ne voudrais plus le voir, même en rêve. C'est trop affreux !

- Calme-toi, ce n'était qu'une image de ton esprit, un flash de ton imagination. Tu es fatiguée, voilà tout. C'est à cause de la date fatidique d'aujourd'hui, ton esprit t'a joué un mauvais tour. Sais-tu quel jour nous sommes ?

- Oui... Il y a un an exactement qu'il est mort.

Marc frémit d'effroi... un an ! Il ne parvenait pas à réaliser qu'une année entière s'était écoulée depuis sa mort. Il refusait d'y croire, et pourtant... Il dut admettre qu'ils ne pouvaient pas le savoir là, qu'ils n'avaient aucune raison de mentir. Comme l'espace, les distances et les lieux avaient échappé à sa raison, le temps se jouait aussi de son entendement.

Après un soupir, elle précisa :

- Un an et quelques heures. Non, je n'ai pas oublié, mais ce souvenir ne m'obsédait plus.

- Jusqu'à cette vision.

Elle pleurait à nouveau, cependant sans bruit ni hoquet, d'un chagrin ténu. Elle répondit :

- Je n'ai aucun regret, bien au contraire, j'étais enfin soulagée. Je ne comprends pas. Tout ce bonheur de l'oubli qui s'interrompt, qui me fuit...

- C'est ton inconscient qui t'a envoyé cette image. Tu n'as pas encore surmonté cette épreuve infernale, tu es toujours tourmentée par cet homme.

- Ce n'est pas possible ! Il est mort ! Je l'ai détesté, maudit, mais il ne peut plus me faire de mal. C'est terminé, un an que c'est fini. Non, il n'existe plus. Il ne doit plus me torturer, même les souvenirs doivent m'oublier. Ce passé ne doit plus exister pour moi aujourd'hui.

- Au contraire, veux-tu que nous en parlions ? Cela te soulagerait. Parler du passé le rend réel tout en abrogeant les faits et les sentiments, tout en effaçant les passions. Il faut que tu évacues les mauvais souvenirs. D'avoir parlé à quelqu'un de ses soucis délite la peine, comme si celle-ci se partageait et devenait de ce fait plus facile à supporter en se diluant. La confession soulage les âmes, les gens repartent l'esprit tranquille après avoir avoué leurs fautes, comme si elles avaient disparu. C'est l'absolution du passé.

- Mais je n'ai pas commis de faute pour être tant tourmentée !
- Oui. Je le sais. C'est moi qui ai causé sa mort. Je ne t'avais pas mise dans la confidence pour t'éviter d'être inquiétée après sa mort. Aurais-tu su mentir ? Non, je ne le crois pas. Il fallait le faire, pour toi, pour nous. Je regrette que tu aies assisté à ça... Je n'avais pas pensé que cela puisse arriver ainsi. Aurions-nous pu imaginer qu'il reviendrait à l'improviste, pour un bête document oublié ? Pense à cette pauvre souris morte que j'avais mise dans le canon de son fusil le matin même, elle nous a sauvé la vie ! Je n'étais pas sûr que cela allait marcher... C'était le lendemain qu'il devait aller au ball-trap et avoir cet accident, pas chez toi, pas devant nous. Quel malheur mais quel soulagement aussi. Quel bonheur dans ce malheur. Il n'a pas hésité à tirer. il voulait nous tuer, c'est certain. Il est mort, et tant mieux si son âme grille en enfer, ce n'est que justice, comme tout ce qui est arrivé ce jour-là, crois-moi.
- Bien sûr ! J'aurais dû le tuer moi-même depuis longtemps, bien avant de t'avoir connu.

Elle sanglota encore :

- Il a été odieux le jour de notre anniversaire de mariage. J'avais préparé une petite fête, pour nous deux seulement. Il est revenu du travail complètement saoul. Il avait fêté je ne sais quoi au bar, avec des copains à lui, et il est arrivé avec deux d'entre eux, aussi saouls que lui. Il

29

m'a traitée comme une chienne. Il m'a offerte à ses copains cette nuit-là. Ce qu'il m'a fait subir pendant les jours, les semaines, les mois qui ont suivi... Je ne peux pas le dire, même à toi...

Elle éclata en pleurs et se cacha le visage au creux de ses mains. Il la caressa avec tendresse en la couvrant de doux baisers. Elle s'essuya les yeux en les tamponnant avec douceur. Elle se moucha sans bruit avant de poursuivre :

- Il était toujours violent quand il avait bu. Il m'aurait fallu le tuer pour m'en défaire, car Marc était dangereux. Je n'aurais jamais osé demander le divorce de peur qu'il ne me tue lui-même après m'avoir provoqué toutes les souffrances imaginées par son cerveau de dément ! Il était immonde et il me battait. J'avais porté plainte, une fois, au début, quand saoul d'alcool il m'avait frappée. Hélas, j'ai eu pitié, autant de lui que de moi, et j'ai retiré ma plainte. De retour chez nous, il m'avait menacée, cet infect, et il m'avait promis de me tuer si je recommençais, ne serait-ce qu'une seule fois encore, à déballer notre vie privée chez les flics. Il ne m'avait pas frappée au retour, il s'était contenté de menaces. Par la suite, il est devenu plus raisonnable en buvant moins pendant quelque temps... Mais les mauvaises habitudes reviennent toujours. Au fil des ans, il devenait de plus en plus violent et il ne souffrait aucune contradiction. Jamais je n'aurais pu divorcer, jamais...

Il la prit tout contre lui, visage contre visage, la dorlota, plus comme un père qu'à la façon d'un amant, et l'embrassa avec une tendresse jointe à une émotion extraordinaire. Ils restèrent longtemps ainsi blottis l'un contre l'autre sur le fauteuil, jusqu'à l'apaisement complet. Elle allait s'endormir lorsqu'un mouvement des jambes engourdies de son fauteuil de chair la tira de sa somnolence. Elle se releva en lui baisant le front :

- Bon. Je vais préparer le repas...

Il décolla du bout des doigts le pan trempé de sa chemise en se redressant sur le fauteuil, puis il se saisit de sa pipe et avisa sa tabatière vide sur la table du salon :

- Je n'ai plus de tabac. Je me change et je fais un saut rapide en ville avant la nuit !

Marc suivait du regard les empreintes laissées par les pieds nus sur le parquet. Ils lui indiquaient la direction prise par l'amant, la salle de bains. Il serra son couteau de toutes se forces. Après une courte hésitation, il décida qu'il le tuerait, mais pas ici. Il voulait que cela ressemble à un accident, il souhaitait que son corps soit meurtri, comme le sien l'avait été. Instantanément, il était dehors et guettait. La pluie commençait à tomber, une grosse pluie d'orage. Son instinct l'avait poussé à se mettre à l'abri sous les arbres, bien que l'eau ne l'affecte en aucune manière. Il vit sa future victime sortir, parée d'un imperméable et couverte d'un chapeau. Il regarda sa proie courir pour s'engouffrer dans la voiture, une superbe BMW grise. Celle-ci démarra en cahotant, le moteur trop froid pour la montée en régime, puis disparut un virage plus loin derrière un rideau d'arbres. Marc la devinait sur la route qui descendait vers le village. Il était temps qu'il agisse...

*** 

Les alentours étaient noirs en cette ténébreuse fin de journée. Les nuages lourds de pluie avaient chassé le peu de clarté que le ciel pouvait prodiguer au-dessus des montagnes. Ils firent tomber la nuit simultanément avec un déluge d'eau amené par l'orage.

Marc s'était placé à l'entrée d'un virage qu'instinctivement il avait deviné dangereux. Sa courbe était traîtresse d'irrégularité. l'extérieur donnait sur un précipice gardé par une simple rambarde de pierres mal scellées sans le moindre arbre ou buisson pour prévenir d'une chute. La nuit était totale. Il ne devait qu'à son don d'entité d'avoir la connaissance des lieux, cette pleine conscience offerte aux

31

seuls démiurges locaux. Un bref éclat à courte distance le prévint de ce qu'il savait déjà, la voiture arrivait. Deux virages encore et elle serait sur lui. Il utiliserait alors son don d'apparition lorsqu'il serait trop tard au conducteur pour réfléchir, réagir, éviter la catastrophe.

Ce qui était prévu arriva. Dans le faisceau blanc incertain des phares de la voiture un spectre apparu, avec toute la laideur et toute l'horreur que pouvaient prodiguer son âme, une apparition fantastique, halo de haine et de violence qui figea le conducteur pour lui faire perdre la route vers un chemin destructeur guidé par cet esprit maléfique qui plongeait droit dans ses yeux. Marc eut une nausée de dégoût satisfait lorsque le véhicule lui passa au travers du corps et qu'il sentit le frôlement inquiet de l'âme mâtinée de chair qui le percuta, flash des esprits exécrés qui se rencontrent, mais trop brièvement pour n'échanger que leurs stupeurs.

La voiture sauta le parapet, cahota un bref instant sur les rochers, puis tomba dans l'abîme où elle effectua deux tonneaux et une barrique avant de se figer en glissant sur le toit pour terminer sa course coincée entre deux arbres gardiens d'une ravine, offrant ainsi une passerelle opportune et providentielle aux promeneurs qui évitaient d'habitude cet endroit escarpé. Marc était arrivé bien avant la voiture. Il l'attendait, le poing crispé sur son couteau, prêt à donner le coup fatal si l'accident n'avait pas tué le chauffeur, son antagoniste passé et présent. Bien que préparé à ce moment, il eut un sursaut en entendant le gémissement qui sortait du véhicule. Il réalisa avec effroi qu'il devrait terminer la besogne. Sa brève épouvante se mua rapidement en une profonde et plaisante satisfaction d'avoir à asséner le coup fatal, à venger de ses mains son honneur. Sans aucune hésitation, il s'approcha du corps rampant au visage ensanglanté qui émergeait d'une portière. Sans délai, il enfonça avec frénésie tout son poing armé dans le cœur de sa victime.

Au moment où il plongea le poing muni du couteau sans lame dépourvu de manche, à l'instant précis où il atteignit le cœur, il passa de la joie sadique au dégoût le plus profond. Il voyait toute une vie défiler dans son esprit, une vie faite de souvenirs féminins, femme amante, aimante, mariée, fille, jeune fille, des joies, des malheurs, des riens et de grandes choses, des souvenirs de femme, des souvenirs de sa femme...

Il comprenait, regardait et contemplait son erreur morte, l'esprit abasourdi et vide de toute sensation. Il leva les yeux au ciel comme pour implorer -Dieu ou Satan ? Abasourdi, il se retourna. Il vit Lamort avec, à ses côtés, sa femme. Ou plus précisément, l'esprit, l'âme de sa femme. Sans réagir, sans comprendre, inconsciemment, il les suivit. Ce fut dans le même état d'esprit vide qu'il prit peu à peu conscience qu'il était revenu dans une file, lui devant, sa femme derrière, en attendant que les morts avancent pour embarquer.

***

Marc regardait sa femme avec son œil fixe et morne. Désespéré et hagard, il se refusait à avancer à chaque fois que la file humaine se mettait en mouvement, mais à chaque fois il était emporté par tous, malgré lui et à reculons vers la rive. Petit à petit, son âme recouvrant ses esprits, il s'opposa de moins en moins au mouvement de la queue morbide qui progressait peu à peu. Ce fut un éclair sombre plus assourdissant que les autres qui le tira de la torpeur nauséeuse où il s'était lui-même plongé en donnant la mort. Il s'extasia :

- Qu'en dis-tu ? Nous voilà de nouveau réunis !

Elle ne l'entendit pas ou elle l'ignora complètement, ce qui eut pour effet de dessiner un rictus de colère sur le faciès de Marc déjà suffisamment mal en point pour ne pas mériter cet outrage supplémentaire qui lui déchirait le visage. Son teint cadavérique devint rouge d'une ire qui lui fit vomir ces mots, avec un peu de sang qu'il cracha au visage de sa femme, toutefois sans la salir :

- Moi ! C'est moi qui nous ai réunis ! C'est grâce à moi si tu es ici ! Je t'ai retrouvée et enlevée à ton amant diabolique !

Il eut un rire bref qui s'éternisa avant qu'il ne change de ton, pour des paroles plus douces, plus langoureuses, avec une pointe acérée de brutalité :

- Je t'aime. Je l'ai fait pour toi, par amour pour toi. Ma vie n'était rien sans toi, alors la mort ! J'ai ressuscité pour te revoir, t'entendre, te retrouver... Plus rien ne nous séparera, et surtout pas l'« autre ». Je t'aime, je t'ai toujours aimé et je t'aimerai pour l'éternité, car c'est l'éternité qui nous attend ! Nous ne nous quitterons plus, même l'enfer qui nous est promis sera le paradis pour moi avec toi...

Sur ces derniers mots, elle sortit de son mutisme délibéré en éclatant d'un courroux agressif et exaspéré :

- Et moi ? Te soucies-tu de moi ? Je n'aurais rien à dire ? Tu as gâché ma vie, tu me fais mourir et maintenant tu veux gâcher ma mort ! Quel être abominable es-tu donc ? Ta démence connaîtra-t-elle une limite puisque la mort elle-même ne t'en a pas guéri ?

L'œil injecté d'un sang glauque, Marc perd tout contrôle et cache son malaise par sa violence habituelle. Il lève le bras pour la gifler, la battre au besoin, comme il avait coutume de la battre avant sa mort, mais on ne frappe pas l'immatériel, on ne frappe pas un esprit, on ne peut pas frapper une âme avec des arguments physiques dans le monde des ombres... Il reste là, pantelant, poussé par les mouvements de la foule qui se presse derrière eux, insensible à son drame personnel. Dépité et hargneux, faute d'arguments à sa portée, il lança :

- Tais-toi !

Les mots jetés allèrent se perdre quelques pas plus loin dans l'obscurité. Marc se tourna dans le sens de la marche pour ne plus la voir, pour ne plus l'entendre, pour ne plus la sentir, pour lui présenter son seul dos enfiellé. Elle prit cette voix conciliante qu'elle conservait en réserve pour les grandes occasions :

- Comment as-tu pu ? Comment as-tu pu revenir d'entre les morts ? Comment la folie de ta haine -oui, ta haine, car ce n'est pas de l'amour-, comment ce miracle est-il possible ?

- Grâce à moi ! Grâce à mes conseils éclairés dans cette pénombre !

Marc sursauta en se retournant :

- Lenabot ! Que fais-tu là ?

- Mon travail, bien sûr !

L'œil de Marc allait avec horreur de sa femme à Lenabot. Sa bouche tremblait, mais sa voix défaillante réussit à dire quelques mots :

- Ne me dit pas que c'est pour elle que tu viens ! Ne me dis pas que c'est son tour !

Lenabot, ironique, lui répondit sans le regarder, mais en adressant un sourire angélique à la femme de Marc :

- Je ne le dis pas à toi, mais je le dis à Madame...

Marc, qui s'était retourné face à son épouse, hurla de douleur :

- Non ! Tu n'as pas le droit !

Lenabot souriait en répondant à Marc sans le regarder :

- Qui parle de droit, ici ? Réfléchis, Marc... Pense à ton retour, imagine que tu aies repris la file après ta femme... Qui pourrait repartir ? Extraordinaire, non, ces coïncidences ? Crois-tu au hasard, toi qui parle de droit ?

Marc était effondré. Lenabot ne prêta plus aucune attention à lui pour se consacrer entièrement à sa cliente :

- Madame, vous êtes dans la queue des morts du continent européen, vers une issue certaine, une projection vers autre chose, un inconnu, cependant vous avez une opportunité. Vous pouvez retarder cette échéance. Chaque file mène à une barge pour passer sur l'autre rive. Elle est remplie sur cette rive-ci, part débarquer son lot sur l'occulte ténébreux de l'autre rive, et revient vide pour un nouveau voyage. Cependant, il y a une faille à chaque fin d'embarquement : le champ énigmatique qui vous maintient dans la file se rompt brièvement, ce qui permet à une personne et une seule de s'échapper, celle qui serait la première pour le prochain embarquement, c'est-à-dire VOUS ! Il vous faut profiter de cette interruption qui provoque ces éclairs que vous avez certainement remarqués. Il ne faut pas laisser passer cette fraction d'instant. Après, il est trop tard. Si vous le faites, vous ne serez plus bloquée ici. Qu'en dites-vous ?
- Si je veux revivre ? Et comment !
- Attention, ma petite dame, il ne s'agit pas de ressusciter, mais d'être dans une étape intermédiaire entre la mort et la vie.
- Un coma ?
- Non, un fantôme.
- Un fantôme ? Comme Marc quand je l'ai revu ?
- En quelque sorte, oui. Vous pourrez persécuter qui vous voulez.
- Même lui ? Les morts aussi ?
- Non. Uniquement les vivants. Vous pourrez retourner sur terre en tant qu'esprit, ange ou démon parmi les mânes, à votre choix spectre effrayant ou revenant bienveillant.

Ses yeux tristes s'illuminèrent en chassant la pénombre une lieue alentours.
- Vrai ? Je pourrais rejoindre mon bien-aimé tel un ange-gardien prévenant, lui apparaître emplie de tendresse pour un songe éveillé amoureux, hanter ses rêves de

notre passé le plus doux, réveiller en lui nos passions les plus enflammées, enfin, comble de notre bonheur, je pourrais fondre mon âme dans son esprit pour intégrer son corps matériel, pour nous unir tels que des êtres humains ne peuvent s'agréger, et vivre avec lui, pour lui, dans une émotion ardente affectionnée permanente, jusqu'à sa mort, notre mort commune, qui transformera notre réunion temporaire en une symbiose éternelle ?

Lenabot laissa échapper un sifflement admiratif.

- Oui, je n'aurais pas dit mieux. Vous pouvez tout cela, si vous sortez. Attention, l'instant ne saurait tarder !

De fait, la barge finissait de charger son lot d'âme et Marc, comme l'avait prédit Lenabot, était le dernier à embarquer. Il était furieux mais, à son grand désespoir, il ne put se soustraire à la force invisible qui lui fit prendre place dans l'embarcation. L'instant qu'il appréhendait survint aussitôt. Un éclair sourd zébra le ciel, bientôt suivi d'un bruit aveuglant, et sa femme sortit de la file d'un bond leste et gracieux, le laissant seul dans la barge avec son désespoir. Il hurlait :

- Je t'attendrai ! Je t'attendrai sur l'autre rive, sois en sûre ! Je t'attendrai l'éternité s'il le faut !

Elle le regarda avec satisfaction s'éloigner. Son image se perdit rapidement dans le brouillard et, loin de ses cris qu'elle devinait haineux, elle ne capta plus qu'un grognement incompréhensible pour se tarir à jamais. L'immense sourire béant qu'elle lui avait prodigué de façon généreuse depuis son départ s'était transformé en un rire moqueur tonitruant qui perçait de ses échos le brouillard, même en ses endroits les plus épais.

Elle riait comme jamais elle n'avait ri, euphorique, dans une ataraxie opportune, portée par une joie indicible... Lenabot était là, à côté d'elle. Son sourire narquois envers Marc s'était mué en une expression bienveillante envers sa nouvelle recrue. Il lui conta les choses de l'entre-mort, les liens entre esprit et mortel, l'histoire des amants éternels. Il lui fournit des lunettes sans verres et dépourvues de monture dont elle devina aussitôt l'usage.

*NDLA : « Un couteau sans lame auquel ne manque que le manche » est une formule créée par le philosophe Georg Christoph Lichtenberg pour désavouer des propos irrationnels.*

*FIN*

# Songe

## Songe 1

- Entrez, asseyez-vous...
- Bonjour, docteur.
- Bonjour... Monsieur ?
- Chox. Bernard Chox.
- Eh bien, Monsieur Chox, qu'est-ce qui vous amène ?
- Voilà... C'est difficile à dire... A croire surtout. Je viens parce que je suis préoccupé par une chose étrange, un rêve obsédant.
- Vous avez fait un mauvais rêve ?
- Oui, on peut dire que ça devient un mauvais rêve... Car c'est un rêve qui revient, nuit après nuit.
- Vous faites toujours le même rêve ?
- Non. Non, ce n'est pas cela. C'est un rêve continu, un rêve comme une histoire à suivre, un rêve à épisodes. A chaque fois que je m'endors, mon rêve se poursuit. Il reprend exactement là où il s'était arrêté, comme une autre vie qui me serait offerte lorsque je dors.
- C'est peu banal, monsieur Chox ! Je n'ai jamais entendu parler d'un tel cas, mais quel est le problème ? Vous semblez effrayé. Pourquoi dites-vous que c'est un rêve obsédant ?
- C'est que... Ce n'est plus tout à fait un rêve, ça devient un cauchemar !
- Un cauchemar ? Cette autre vie dans vos rêves n'est donc pas séduisante... Qu'y a-t-il d'horrible pour en faire un cauchemar ? Vos rêves vous font-ils peur ?
- Euh... Non... Non, ce n'est pas vraiment le problème. Le problème vient de la réalité, des suites du rêve.
- Expliquez-vous.
- C'est que mon rêve interfère avec ma vraie vie, la réalité !

- Comment cela ?
- Regardez ! Mon dos, il est griffé !
- Effectivement... Enlevez complètement votre chemise, s'il vous plaît... De bien vilaines égratignures ; et aussi là, au cou, on dirait une morsure... Une morsure peu profonde, ma foi. Ça ressemble plutôt à la marque d'une mâchoire humaine, pas à celle d'un animal. D'où cela vous vient-il ?
- C'est mon rêve !
- Je ne comprends pas ?
- Ces marques sont survenues dans mon rêve, et, à mon réveil ce matin, elles étaient là, bien présentes, bien réelles sur mon dos !
- Intéressant... Donc, en vous couchant hier soir, vous ne portiez aucune marque ?
- Oui.
- Et ce matin, dès votre réveil, vous avez constaté ces lésions?
- Oui... ça me fait mal.
- Je vais vous prescrire quelque chose. Dans votre rêve, qu'est-ce qui vous a fait ça ?
- J'ai... Je... Euh, j'étais avec une fille. Nous faisions l'amour pour la première fois. Je la connaissais à peine et j'ai découvert que c'était une vraie tigresse ! Elle s'est accrochée à moi, pour me blesser.
- Volontairement ?
- Oui. Pour me faire du mal.
- Sadique ?
- C'était un jeu pour elle. Mais quand je me suis vu ce matin, j'ai pris peur. Comment est-ce possible, docteur ?
- Eh bien, j'y vois plusieurs explications. Vous savez, lorsque l'on rêve la réalité extérieure peut agir sur le rêve, de même, le rêve peut faire commettre certaines actions.
- C'est à dire ?

- Eh bien, je pense que vous vous êtes meurtri vous-même. Dans le sommeil, la fonction motrice est normalement déconnectée de la pensée, vous rêvez que vous courrez et vous ne faites aucun mouvement. Mais il arrive que cette déconnexion soit imparfaite et que l'action dans le rêve vous fasse faire des mouvements de la tête, des mains, parler parfois aussi. Certaines formes de déconnexion amènent au somnambulisme, le dormeur se lève et marche.
- Vous pensez que je me suis griffé moi-même ?
- J'en serais persuadé s'il n'y avait pas cette morsure... Quoiqu'elle doive s'expliquer. Regardez bien chez vous, dans votre chambre... n'y aurait-il pas un objet qui permettrait de faire ce type de blessure ?
- Je ne sais pas, peut-être...
- Regardez en rentrant chez vous et vous me le direz la prochaine fois.
- Bien.
- Et cette femme qui était dans votre rêve cette nuit, elle était dans les rêves précédents, ce que vous appelez vos "rêves à épisodes" ?
- Non. Enfin, oui. Je l'avais déjà vue.
- Et vous n'aviez subi aucune conséquence par le passé de ces rêves ou cauchemars ?
- Non. Jamais de problème.
- Quelle est le fil conducteur de vos rêves ? Quelle est votre vie dans ces rêves, monsieur Chox ?
- C'est une vie toute banale. J'ai un appartement, un travail régulier, pas de famille, pas de souci. Et pas d'ennui jusqu'à l'arrivée de cette fille... Sinon, je n'y voyais aucun inconvénient à cette série de rêves à suivre. J'avais une deuxième vie bien tranquille, voilà tout. Je ne serais jamais venu vous voir s'il n'y avait pas eu "ça" !
- Ce qui me fascine, c'est que votre rêve se poursuive de nuit en nuit. Et ça dure depuis longtemps ?

- Ça ? Je n'en sais rien. Longtemps, oui, des années, certainement. Combien ? Je ne saurais pas répondre.
- C'est fantastique. Jamais je n'avais entendu parler d'un tel phénomène. Voilà qui intéresserait nombre de mes confrères. Si vous me le permettez, il faudrait que je vous présente à un collègue, un psychanalyste. Ce qui vous arrive l'intéressera certainement et il pourra sans doute vous aider mieux que je ne le fais moi-même.
- Docteur ?
- Oui ?
- Autre chose... Mes mains. Regardez mes mains. Elles ont changé aussi depuis hier. Regardez ces longs doigts noueux. Ils sont affreux !
- Vos mains sont fines et longues, mais je ne les trouve pas déformées, je vous l'assure. Vous pensez que la forme de vos mains a changé, mais c'est sûrement psychologique, pas réel. Cela a-t-il un rapport avec vos rêves ?
- Non... Non !

## Songe 2

- Bonjour, docteur.
- Bonjour, Monsieur Chox. Je vous en prie, entrez. Je vous présente le docteur Maryse Dubois qui s'intéresse à votre cas. Elle pratique la psychanalyse.
- Non ! Non ! Ce n'est pas possible !
- Mais que vous arrive-t-il donc ? Calmez-vous, asseyez-vous. Voilà. Maryse, tu veux bien... Mais qu'as-tu donc Maryse ?
- Cet homme... Il était dans mon rêve de cette nuit ! Je te le promets. Il s'appelait aussi Chox, mais je n'avais pas fait le rapprochement. Cette coïncidence est pour le moins troublante.
- Et vous, Monsieur Chox, qu'en pensez-vous ?

- C'est... C'est bien elle.
- Elle est dans vos rêves ?
- Oui, je la connais bien. Je la vois souvent, mais elle n'est pas docteur, elle est comptable.
- Je ne me souviens pas de mon métier dans ce rêve. Je venais vous voir au petit matin, je cherchais ma sœur que vous raccompagniez tous les soirs après le travail... Vous approvisionnez les rayons d'un commerce ?
- Oui, dans mes rêves... Votre sœur est caissière.
- C'est curieux car en réalité, je n'ai pas de sœur. Votre rêve se poursuit de nuit en nuit ?
- Oui. Vous aussi ?
- Non. Désolé. C'était la première fois que je faisais ce rêve. C'est extraordinaire. Mon confrère me demande de vous rencontrer et notre premier contact a lieu en rêve. Mais avons-nous réellement rêvé la même chose ? Écoutez-moi, je vais vous raconter mon propre rêve. J'étais affolée, ma sœur est très ponctuelle le soir. De plus, elle ne sort après son travail qu'avec moi. Nous vivons ensemble dans le même appartement, elle n'a pas de flirt. Je viens vous voir le dimanche matin car je suis sans nouvelles de ma sœur depuis la veille. Comme c'est vous qui la reconduisez habituellement après le travail, il est logique que je vienne me renseigner auprès de vous. Vous m'avez dit que ce soir-là elle avait un travail à finir et que vous étiez parti seul. Aussi, je vous ai laissé pour aller me renseigner ailleurs. C'est cela ?
- Oui... Oui, tout à fait. Ensuite, qu'avez-vous fait ?
- Je ne vous ai pas revu. Je suis allée voir d'autres personnes, des relations de travail de ma sœur...
- Ensuite ?
- Je ne sais plus. Mon rêve s'est interrompu là.
- Ensuite ? Ensuite !
- C'est tout. Pourquoi cette insistance ? L'histoire n'est-elle pas la même pour vous ?

- Si... Oui, tout à fait...
- Quel est votre souci alors ? Est-ce que cela a une relation avec vos blessures ? Oui, votre médecin m'a tout dit. Cette femme qui vous a griffé et mordu est-elle la sœur que j'ai dans ce rêve ?
- Oui... C'est elle.
- Vous ne sembliez pourtant ne pas avoir d'affinités l'un pour l'autre.
- Justement ! Je ne sais pas pourquoi, mais cette nuit-là, elle a répondu à mes avances !
- Pourquoi n'est-elle pas rentrée ? Elle était chez vous ?
- Non ! Elle... Elle est devenue folle. Nous nous sommes aimés et elle m'a mordu au sang. Je l'ai giflée et elle est partie comme une furie.
- C'est curieux...
- Pourquoi ?
- C'est curieux cette histoire de rêves à épisodes qui se poursuivent de nuit en nuit. Ce qui est étrange surtout, c'est que tout cela reste cohérent. En effet, normalement, au moment du réveil, les rêves sont criants de vérité, mais après quelques minutes de réflexion, tout s'effondre. On constate rapidement toutes les incohérences, toutes les confusions du songe. De là à ce qu'il y ait une suite ultérieure, c'est quasiment inconcevable. Votre cas est vraiment intéressant.
- Je me moque de l'intérêt de mon cas, ce que je veux, c'est la paix ! Ne plus poursuivre ce rêve, jamais ! Je vous en supplie, aidez-moi !
- C'est tout à fait ce que je me propose de faire, mais pour cela, il faut que l'on puisse discuter plus longuement, que je puisse analyser ce qui dans votre vie réelle peut impliquer de tels rêves. Nous devons convenir d'un rendez-vous. Mercredi serait-il possible ?
- Oui, oui. Le plus tôt sera le mieux.

- Et si jamais je vous rencontre encore en rêve, je ne manquerais certainement pas de vous aider.

## Songe 3

- Entrez, c'est ouvert ! Docteur... Vite, venez m'aider ! Elle a voulu me tuer... Saloperie de psychiatre !
- Mademoiselle Dubois ? Elle est psychanalyste.
- Merde ! Elle a voulu me tuer. Regardez ! Elle m'a tiré dessus.
- C'est affreux ! C'est fou... Incompréhensible...
- Voyez toute l'aide qu'elle m'a apportée !
- Mais ce n'est pas possible, monsieur Chox... Effectivement, on dirait une blessure par balle. Je vais vous l'extraire. Attention, ne bougez pas. Restez calme... Tout cela est si étrange, je ne comprends pas le lien avec les événements de cette nuit...
- Que voulez-vous dire ?
- Monsieur Chox, je vous dois une information. Peut-être pourrez-vous comprendre... Mademoiselle Dubois est morte cette nuit. Elle a été retrouvée ce matin dans son lit, tuée de plusieurs coups de couteau.
- Je vous l'avais dit. Mes rêves sont déments, je sème le malheur autour de moi et sur moi ! Alors, cette balle, vous y arrivez ?
- Non ! Ce n'est pas possible ! Il n'y a aucune balle !
- Voyez, c'est fou ! Qui me sauvera ?
- Calmez-vous afin que je puisse faire des points sur cette plaie. Je vous l'assure, il doit y avoir une explication raisonnable à tout cela.
- Ah bon, tiens donc ! Une explication raisonnable à l'irrationnel ! Et vous pouvez me dire qui a tué le docteur Dubois ?

- Je... Personne. On ne sait pas. J'ai vu le commissaire avant de venir. Il ne comprend pas. Pas d'arme du crime, aucun couteau ensanglanté, et tout était verrouillé de l'intérieur. Pas de trace de lutte. Tout était en ordre, mais elle gisait dans son lit, comme assassinée pendant son sommeil...
- Je vous l'avais dit, docteur ! J'ai peur...
- Racontez-moi... Que s'est-il passé pendant le rêve de cette nuit ?
- C'est... C'est épouvantable ! Votre psychanalyste, au lieu de m'aider, elle est venue pour me tuer !
- Racontez-moi ça calmement.
- Elle est revenue me voir dans mon sommeil, mais ce n'était pas la même personne, ce n'était pas la psychanalyste qui était là, mais l'autre... Son visage n'était que haine. Nous avons échangé quelques mots puis elle m'a menacé avec un revolver.
- Que voulait-elle ?
- Toujours sa sœur !
- Que s'est-il passé ensuite ?
- Je ne savais rien de sa sœur ! Alors elle a tiré.
- Ensuite ?
- Rien.
- Comment ça, rien ? Votre rêve ne s'est pas arrêté là ? Vous n'étiez que légèrement blessé. Un homme comme vous ne perd pas connaissance pour si pu. Qu'avez-vous fait ensuite ? Comment est-elle morte ? Répondez !
- J'ai... Je me suis défendu... J'ai réussi à la désarmer et... Je l'ai frappée avec un couteau de cuisine...
- Plusieurs fois ?
- Oui, je crois. Plusieurs fois.
- Ensuite ?
- Ensuite ? Elle était morte ! Morte, vous comprenez ? Regardez mes mains ! Elles sont pleines de sang. Depuis mon réveil, je les lave, je les essuie... Rien à faire, elles sont toujours ensanglantées ! Je suis maudit !

- Faites voir. Non... C'est incroyable...
- Vous tremblez, docteur...
- Non, non, ce n'est rien. Un léger malaise passager. Toutes ces émotions... Écoutez, je vais aller chercher des bandages et des compresses pour mieux vous soigner. Je reviendrai avec de l'aide. Restez allongé et reposez-vous. J'en ai juste pour un instant, une vingtaine de minutes tout au plus. La piqûre d'anesthésiant local que je vous ai faite devrait vous aider à vous calmer et dormir. Essayez de dormir...
- Non ! Surtout pas ! Je ne veux plus dormir, jamais !


## Songe 4

- Monsieur Fox ! Que vous est-il arrivé ? Vite, Jacques, aidez-moi à arrêter l'hémorragie, mettez des pansements compressifs sur ses poignets !
- Je vous l'avais dit, docteur... Je ne voulais pas m'endormir, mais je n'ai pas pu résister. J'étais trop faible. C'est la fin maintenant et c'est une fin juste.
- Comment a-t-il pu se faire cela ? Il n'y a aucun objet tranchant à proximité et aucune trace de sang vers les autres pièces.
- Je vous expliquerai, Jacques... C'est encore votre rêve, Monsieur Fox ?
- Oui, toujours le même... Il me poursuit, me hante, mais cette fois, c'est fini, mon cauchemar va disparaître avec moi...
- C'est incroyable, je n'arrive pas à arrêter l'hémorragie ! Le sang coule de partout, c'est à croire que la plaie se déplace hors du point de compression !
- Ne vous fatiguez pas inutilement, je vais mourir. Ce n'est plus qu'une question de minutes. Je suis déjà dans le coma, l'antichambre de la mort... Je vous dois la vérité...

J'ai tué. J'ai tué deux fois. La première, c'était samedi soir ; cette garce ne voulait toujours pas sortir avec moi malgré tout ce que je lui avais offert, malgré des avances qu'elle ne repoussait qu'à moitié. Elle se jouait de moi. Alors, ce soir-là, en la raccompagnant, je n'ai pas pu résister à mon instinct. Comprenez, elle était si mignonne, si attirante... Tout me plaisait en elle, tout attisait mon désir. Elle ne s'est pas laissé faire, elle s'est défendue comme elle le pouvait, la pauvre, de ses faibles mains, de sa bouche menue... J'ai été obligé de la frapper et de la frapper encore et encore, docteur ! Et elle est morte... Je ne le voulais pas ! Non, je ne le voulais pas... J'ai caché son corps dans un bois, sous les feuilles, pour qu'elle repose dans la nature... une tombe anonyme... C'est trop horrible ! Le lendemain, c'est sa sœur qui est venue me voir. Elle m'a réveillé, je n'ai pas eu le temps de réfléchir et j'ai dit n'importe quoi. J'ai tout de suite su que mon mensonge serait vite découvert. J'étais épuisé et je me suis recouché, pensant qu'il serait temps d'aviser plus tard. Lorsqu'elle est revenue, elle avait une arme et cherchait à me faire avouer mon crime. Je l'ai entraînée à la cuisine où j'ai pu saisir un couteau. Hélas pour moi, le coup de revolver est parti à bout portant au moment où je la frappais. Je l'ai emmenée à la salle de bain et je l'ai mise dans la baignoire. Elle saignait beaucoup. Elle est morte très vite. Je saignais moi-même abondamment. J'avais mal et je me suis évanoui. A mon réveil, la trace de mon nouveau crime était là, dans toute son horreur ! Je ne pouvais plus le supporter ! Comprenez-moi, il n'y avait aucune issue ! J'ai pris le couteau et je me suis coupé les veines des poignets... Vous n'y pouvez rien, je vais mourir... Mais ? Vous n'êtes plus là ? Enfin... C'est donc fini... Mon dernier rêve...

*FIN*

48

# A l'hypothétique terme

Une vie s'arrête ici, ceci est mon testament.

J'atteins aujourd'hui soixante-cinq années d'existence.
Une fois de plus, je vais me suicider.
Je vais me donner la mort et à cette occasion je suis sûr d'y parvenir, j'ai tout prévu - sauf le hasard qui refuse de m'ignorer.
Je sais que je vais encore échouer.

Je n'ai plus de famille pour arranger un héritage et il ne s'agit pas d'un legs ; je ne possède pas de fortune ni de biens méritant le partage mais, d'une façon étrange, je dispose d'un héritage de connaissance, mon témoignage cognitif des sœurs Vie et Mort.
Que ces lignes puissent vous servir, c'est tout ce que j'en attends ; qu'en retour elles me soient d'un quelconque secours, c'est au-delà de mes espoirs.
Je souhaite vous laisser un mot, je souhaite laisser un mot à la postérité.
Postérité, quel mot dérisoire !
La postérité, quelle sera-t-elle ?
Celle de ma vie présente ?
Celle du report de cette vie, celle de ma vie future ?
Je suis mort maintes fois et pourtant toujours je vis...

J'aurais dû mourir à la guerre où tant de camarades et d'ennemis sont morts autour de moi.
J'aurais dû mourir dans cet accident de voiture qui me meurtrit la mémoire, plaie incurable et éternelle de ma vie, de la disparition de ma famille.
J'aurais dû mourir de ce premier suicide trois semaines plus tard.
J'aurais dû mourir...
J'aurais dû mourir tant et tant d'autres fois !

Que la Vie tient à moi ! La Mort ne peut-elle rien ?
La mort des autres est si égoïste...
Ma propre mort, si attendue, tant espérée, ma mort, synonyme de délivrance, heureux instant ultime de ma vie, cette mort, essence de la vie, promise par la vie, me sera donc sans cesse refusée.

La guerre, oui la guerre, cette grande pourvoyeuse de victimes, n'a pas voulu de moi comme cadavre...
Ou dans une autre vie parallèle, qui sait ?
Je dois avoir mon nom sur un monument dans ma ville natale, mais pas dans cette vie, pas dans cette vie-là, pas avec ces acteurs. C'est une autre comédie, une comédie dramatique... Mais qui peut s'en divertir ?

La vie m'a marqué. Elle a tué autour de moi, mais cette cruelle ne m'a jamais abandonné.
Elle s'est accrochée à moi alors qu'elle fuyait toute ma famille sur une route écarlate.
Mes suicides, la vie les a tous refusés.
Je n'ai pas réussi à mourir.
Des coups durs, j'en ai eus. La mort, je l'ai rencontrée maintes fois mais jamais je n'ai pu l'accompagner, jamais elle ne m'a accordé le dernier voyage.

Elle m'a toujours échappé.
Elle n'existe pas, j'en ai la certitude aujourd'hui.
A moins que...
A moins que seule la vieillesse, cet espoir fou, puisse m'octroyer la fin que je convoite depuis si longtemps, trop longtemps ?
Mais la médecine fait trop de progrès, trop de découvertes.
La médecine va trop vite.
La vieillesse risque d'être pour moi l'ultime illusion de la vie, car l'homme parviendra à inventer l'immortalité - non pas celle que je connais - mais une immortalité logique, implacable, une éternité de vie horrible !

Je refuse l'immortalité contre gré.

Le décès est interdit, je l'affirme.

Je revendique le droit d'être pessimiste après toutes ces vies que je n'ai pas voulues !

Sauf la première, peut-être ?

Non. Mes parents me l'ont donnée, offerte, imposée.

Et je l'ai acceptée sans savoir que c'était un cadeau éternel...

Il ne manquerait plus que la science trouve le secret de l'eau de Jouvence !

Je suis un acteur de la Vie qu'elle refuse de congédier : elle me garde comme sa chose. Mais quel jeu jouons-nous ?

J'exige que ma vie se termine ici !

Combien de fois suis-je mort sans m'en rendre compte ?

Cinq fois ? Cent fois ? Tous les jours ?

J'ai estimé plus de vingt causes évidentes de décès, mais qui accepterait de me croire ?

Je passe d'une scène à l'autre, comme vous tous certainement, mais les faits sont insidieux.

Personne ne peut s'en rendre compte, comment l'ai-je pu ?

L'expérience est là. Les gens meurent, moi pas.

Le phénomène est-il en chacun de nous ?

Quel serait alors cet enchevêtrement inextricable de vies de tous et de chacun ?

Ai-je tort ou raison ?

Je ne suis pas fou.

Pas plus fou tout de suite que dans les heures, les mois, les années précédentes.

La folie serait une mauvaise appréhension de la réalité, ou une fuite du réel.

Je ne masque pas mes sens, la réalité m'assaille, me heurte, ma conscience dissèque ce monde et révèle la vie telle que personne ne l'avait jamais perçue.

Je devrais mourir ce soir, mais le fusil apprêté ne marchera pas.

Comme le poison, comme la noyade, comme tout ce qui a échoué.

Pour vous, oui, il aura fonctionné.

Pour vous, il fera exploser mon être, mais pas pour moi.

Plus que mon âme, je serai encore là.

J'ai bien les cartouches. Elles sont neuves et en état de fonctionnement.

J'ai nettoyé le fusil et je l'ai essayé cet après-midi. Chaque coup est parti, sans aléas, sans la moindre défaillance.

Ce soir, oui ce soir, il refusera de fonctionner...

Ou quelqu'un...

Ou quelque chose...

Interviendra dans ma perpétuation de vie, me sauvera in extremis de ce qui devrait m'apporter le repos éternel.

Pour vous, je serai mort.

Pour moi, il ne me restera qu'à jeter ce non-ultime testament, inutile pour cette nouvelle vie.

Bien sûr, je pourrais en faire un autre, différent, avec cette expérience supplémentaire.

Puis d'autres viendraient, plus précis, plus incontournables, et peut-être me croirait-on ?

Je vis las de la vie.

Et si j'étais le centre de l'humanité ? Si j'étais La Vie ?

Si vous n'étiez qu'images, existantes parce que j'existe ?

Pantins destinés seulement à m'accompagner dans ce purgatoire - ou est-ce un enfer ?

Je vous plains, pauvres êtres animés par ma seule existence, fardeau que je voudrais poser là, pour que ma vie cesse...

## A-DIEU

*FIN*

# Poésie

Le premier poème que j'ai créé en dehors des exercices scolaires imposés se nomme « Connais-tu l'histoire du petit lapin blanc ? ». Il m'est apparu sans que j'y prenne garde un soir de désœuvrement sur le quai du RER à Saint-Ouen. En quelques minutes, il était imaginé. Aussitôt, je le griffonnais sur un morceau de papier. Depuis, je n'ai pas retouché le texte, il est tel qu'il s'est imprimé dans mon esprit ce soir-là.

Cette agression poétique irrésistible, je l'ai vécue une autre fois. Je roulais sur une route départementale qui traversait un bois et l'idée m'a assailli avec tant de vigueur qu'elle m'a contraint à m'arrêter pour en noter le texte. Il s'agissait d'une histoire courte aux relents écologistes que j'ai appelée « Nature ».

J'ai rédigé la nouvelle titrée « Les champs de blé aux corbeaux » pour répondre à une commande d'une relation d'écriture pour un recueil qui n'a jamais vu le jour.

« Vol de la mort » répondait à un concours de nouvelles organisé par la ville de Sète[1].

J'ai écrit le texte intitulé « Coup d'État » lors d'un concours universitaire sur le thème de la rumeur. Je n'ai obtenu aucun prix pour cette nouvelle.

---

1 - *Plus loin dans ce recueil, vous pourrez lire un scénario intitulé « Événement à Sète », écrit pour répondre à un concours de la ville de Sète. A chacune de ces deux histoires, je me suis retrouvé sur le podium, pour l'une en seconde position, pour l'autre sur la troisième marche.*

## Connais-tu l'histoire du petit lapin blanc ?

Le petit lapin blanc,
Il courait dans le champ,
Le petit lapin blanc,
Il fuyait droit devant,
Le petit lapin blanc,
Loin du grand labo blanc,
Le petit lapin blanc.
En fuit' grâce à ses dents,
Le petit lapin blanc,
Payait le prix du sang.
Le petit lapin blanc,
A cause d'un virus virulent,
Le petit lapin blanc,
La mort le guettait au bout du champ.
Le petit lapin blanc,
Et il courait, il courait droit devant,
Le petit lapin blanc,
Le petit lapin blanc,
Le petit lapin blanc...

# Nature

La terre a encore tremblé. Ils se rapprochent...
Je suis encore jeune avec mes quinze ans. Je veux vivre !
Ils ne m'épargneront pas.
Ils n'épargnent personne.
Même les plus âgés.
Même les plus petits.
Personne...
Que faire, je ne peux pas fuir. Notre Mère à tous ne l'a pas permis.
Personne pour m'aider, s'interposer.
Les plus forts n'ont pu résister.
Les rumeurs, hier lointaines, se font plus oppressantes.
Ils arrivent. Mes proches me l'ont dit.
Chaque jour je les sens plus près.
Comment leur faire comprendre ?
Mon angoisse.
Mon désespoir...
Demain, ils seront là.
Ma vie se terminera, là.

*- Bert, t'as vu ce chêne là ? L'automne a été précoce pour lui. T'as vu ? Toutes ses feuilles sont jaunes. En plein juillet, c'est pas banal !*
*- Bof ! 'toutes façons, on est là pour tous les abattre. Tiens, passe-moi la hache.*

## Les champs de blé aux corbeaux

Le jaune est expulsé et aussitôt le cordon ombilical est coupé. D'abord en boule, le jaune prend son aise jusqu'au cyan qui s'imposait devant une pointe de magenta. Deux collines sans âme dominent de part et d'autre, l'une noire, l'autre blanche. Des traces anciennes, durcies par l'âge, témoignent d'un passé riche de mélanges.

Le jaune s'étale et vient au contact du cyan. Une couleur naît, mince filet vert dont s'enorgueillit le jaune :

- Regarde, bleu, ce que je fais de toi !

Le cyan méprisa le jaune d'un profond silence.

- Bleu ! Adore-moi ! Je vais illuminer le rêve !

Le cyan ne voulait pas prêter attention au nouveau venu, mais l'ardeur et l'insolence du gamin le firent se répandre :

- Jeunet, j'ai l'essence basique de l'intelligence et de la raison. Je suis celui qui illumine par mes coloris dame Nature. Sans moi, l'air et l'eau ne seraient pas. Reste à ta place.
- Tu n'y es pas : l'éclat de ma substance fera resplendir l'œuvre du Maître ! Je serai la source où son génie puisera la matière de ses émotions !
- Le Maître m'a choisi. Je suis l'initiateur. Tu seras mon faire-valoir, comme le noir et le blanc. Tu n'existeras que par moi.

Le ton était net et tranchant. Comme le furent les poils qui ôtèrent une grande part du cyan et du jaune pour leur faire subir une mutation chromatique.

Les assauts vifs se répétèrent, extirpant des parts plus grandes de matières où furent mêlés le noir et le blanc dans une danse effrénée d'où le Maître arrachait lyrisme et émotions. Les teintes s'accommodaient, les compromis maintes fois traités concluaient pour des harmonies tirées du génie. La douleur de la création se muait en magnificence. La splendeur et l'équilibre trouvaient à chaque fois leur juste correspondance. Les proportions étaient de connivence avec l'inventivité. Cyan et jaune se taisaient, l'humeur emportée dans la tempête créatrice. La pensée travaillait jusqu'à l'épuisement sa matière brute, la couleur ; la palette des tons mettait en lumière l'idée du Maître.

Mais le cyan avait perdu de sa vivacité. Après avoir subi les derniers assauts, il savait que son heure de gloire était passée. Il savait que la composition colorée qu'il avait portée vers la vie s'était affaiblie. La créativité n'avait pas disparu, certes non. Au contraire, l'exaltation, la passion et l'esprit subissaient encore des poussées de fièvre, mais le jaune était devenu le flambeau de lumière, le pigment de l'imagination. Le temps était aux alliances de couleurs, à la complicité des tons chaleureux pour de nouveaux accords chromatiques.

Le jaune s'était éveillé de son union avec les couleurs présentes. Le feu de la création piochait encore dans les entrailles du cyan, mais à moindres touches, pour des nuances où le jaune devenait dominateur. Le jaune, c'était la haute note, l'intensité sonore de la sensibilité. A chaque fois qu'il se raréfiait, la mère procréatrice épuisait son corps pour le renforcer. Et de nouvelles boules fiévreuses de jaune s'abattaient alors que le cyan, dominé, vieillissait et durcissait, oublié pathétique de l'inspiration. Le jaune serait roi, ses ancêtres asséchés le lui confièrent.

Oublié le bleu, oublié le vert, oubliées les teintes primaires, le jaune était la teinte de base ! Plus rien ne se créait sans sa coloration. De fines touches, il était devenu le maître. C'était lui l'animateur, le feu de l'émotion. Sa sensibilité s'imposait. Il était source de vie. Son ardeur le faisait multicolore. Il s'associait sans vergogne au blanc et au noir pour leur donner une réalité chimérique. Il les exploitait tous pour briller de mille feux et rayonner alentours. Sa véracité primitive était sa force. Il était la lumière, le soleil, la chaleur ! Il approchait la teinte absolue, idéale et définitive.

Puis, soudain, tout cessa : finis, les amalgames de tons chauds, finis les entailles profondes qui accrochent la lumière et jouent avec l'ombre. L'espace n'était plus zébré de couleurs aux reflets chantants. Les transparences se figeaient.

L'éternité s'installait avec pour mémoire la palette du peintre.

Alors que tout semblait terminé, le noir s'envola, emporté par un pinceau furieux. Il explosa, il se répandit, il était devenu la seule couleur, celle qui n'existait pas, celle qui ne devait pas exister. Le noir restituait sans retenue la vibration endémique du Maître blessé par ce coloris jaune inaccessible.

- Le jaune parfait m'échappe... Le jaune sublime se refuse.
- Peintre, le rouge parfait est absent de la toile de ton tableau !

Un bruit violent fit trembler les épis de blé proches :

- Rouge... Le rouge, petit... Regarde, je répands le rouge sur la toile de ma chemise...

*Nota : jaune, cyan et magenta sont les couleurs primaires qui permettent d'obtenir toute teinte. Van Gogh ne travaillait pas les couleurs primaires.*

# Vol de la mort

Sète - Héraut - France.

Même au sommet du Mont Saint Clair, l'air est encore chargé de chaleur en cette journée d'été. Nombreux sont les touristes qui ont déserté les plages pour admirer le panorama à l'instant précieux où les lumières commencent à fleurir, minuscules symboles des vies qui s'animent de toute part.

Une adolescente filiforme, vêtue d'un short blanc et d'une chemise de coton bleu ciel aux pans noués, se sépare d'un des groupes pressés contre la rambarde. D'un geste langoureux des mains, elle rejette en arrière ses longs cheveux noirs. Avec nonchalance, elle se dirige vers le pylône hérissé d'antennes qui trône au milieu de la place ; de ses yeux bleu-ciel mi-clos, elle considère le sommet de cet assemblage d'acier. Elle s'arrête à son pied, devant une échelle de fer à la peinture écaillée par la rouille.

Elle toise du regard le pylône : vingt mètres la séparent de la plate-forme qui culmine. Elle se dit qu'elle pourrait gagner le ciel par cette tour d'acier. Au début de l'échelle, sur le premier arceau protecteur, un vieux cadenas obsolète n'est plus que le symbole d'une interdiction : la grille empêchant l'accès est aujourd'hui disparue. Comme l'adolescente se retourne, elle remarque son frère, un petit gamin blond dont les yeux bleus dévorent avec envie cette échelle et son sommet : c'est une véritable provocation pour son esprit d'enfant curieux et casse-cou. Elle découvre son visage à l'expression ravie, prêt à la suivre si elle grimpe.

- Sandy, on monte ?

Méprisant la question, Sandrine se détourne de l'échelle pour s'intéresser à la croix de béton, symbole du martyr du

Christ, qui jouxte le pylône sur la place. Elle s'en approche d'un pas désinvolte en ignorant la présence de son frère.

Elle saute sans bruit la protection qui ceinture la croix. Mains sur les hanches, elle balance son regard depuis le pied jusqu'au sommet de l'édifice. Elle s'arrête un instant à détailler les blocs supportant les éclairages fluorescents qui illuminent la croix la nuit, la rendant visible à des kilomètres. Le bloc inférieur, qui a perdu son couvercle opalescent, laisse voir les tubes fluorescents, les selfs, les raccordements électriques et les fixations.

Sandrine, d'un mouvement précis, se positionne le long de la croix, puis elle assure sa première prise sur une équerre du coffret de lumière. Son frère, resté derrière les barreaux, la suit des yeux lorsqu'elle escalade l'édifice en s'agrippant aux moindres saillies. Elle grimpe avec agilité, ses mains passant d'une prise à l'autre, ses pieds trouvant toujours le point d'appui nécessaire. Elle se hisse en ignorant les meurtrissures de ses doigts crispés sur les ferrailles des fixations. Rapidement, avec une souplesse féline, elle atteint le sommet par une succession de sauts et de rétablissements précis. Il y a bien 12 mètres du sommet au sol, suffisamment pour que le saut de l'ange soit le saut de la mort, surtout si elle se fracasse sur les blocs de béton ou sur les barreaux d'acier de clôture. Debout sur le faîte de la croix, Sandrine fait trois tours complets sur elle-même, les bras écartés, sans le moindre tremblement, sans vaciller, le regard perdu dans la pénombre lointaine.

Elle se fige face à la mer, le corps tendu, les poings serrés, puis elle pousse un hurlement de désespoir.

Ce cri inhumain fait tressaillir toutes les âmes de la place perdues dans leur contemplation de l'horizon. Lorsque ces visiteurs du soir se retournent, un charme fantastique percute leur imagination et la réalité. Perché sur la croix, qu'est-ce ? Certains voient un oiseau, un goéland énorme.

D'autres discernent un fauve, un lion majestueux. L'un voit un aigle, l'autre un monstre ailé hybride. Un jeune homme voit un buste de femme avec une tête d'homme ; une jeune fille voit le buste musclé d'un homme avec une tête de femme. Un enfant voit une tête de bélier, son camarade une tête d'épervier. Une jeune femme regarde un soleil éclatant sans être éblouie. Une femme enceinte voit Jésus sur la croix. Un homme voit un bûcher alors qu'un vieillard discerne dans un flou de brume un cercueil. Une tornade s'impose à l'esprit d'un homme frêle agrippé à un poteau... Chacun possède sa représentation, d'une gargouille à un ange en passant par toutes sortes d'animaux, surtout des oiseaux. Toutes ces représentations vont du fabuleux au cauchemar, du magnifique à l'horrible, de la vie à la mort.

Sandrine, sans la moindre hésitation, se jette d'un bond majestueux dans le vide, les bras en croix. Tous regardent effrayés le petit corps choir. En une fraction de seconde, la peur et l'horreur se sont dessinées sur leurs visages. Le temps ralentit, Sandrine tombe avec grâce et lenteur vers le drame...
Soudain, la chute s'arrête à mi-hauteur. Le temps n'a plus court.

Tout est immobile. Tout, sauf un être fantomatique qui s'extrait du corps resté en suspens. L'ectoplasme, après une courte hésitation, s'assoit au sommet de la croix. Stupéfait, le fantôme de Sandrine regarde les êtres humains figés à ses pieds, si petits, si fragiles et si mystérieux.
- Ils sont compliqués...
Sandrine tourne la tête vers un oiseau, un goéland sorti du néant qui se tient à sa droite sur une branche de la croix. Elle sait que c'est cet oiseau qui vient de parler. Pas le moindre étonnement ne se dessine sur son visage. Elle répond :

- Je suis compliquée, moi aussi.
- Naturellement. Sens-tu la vie proche ? Le monde est vaste, plus immense que ton regard. Quelle existence désires-tu ?
- Qui es-tu ?

Le père de Sandrine, figé dans cette aberration intemporelle, que voit-il ?
Il voit sa fille, assise au sommet de la croix. Il voit, assis sur une branche de la croix, à sa droite, un monstre hybride. Il voit un être ailé au corps de lion, avec une tête de femme. Il entend sa fille qui interroge cette apparition fantastique :
- Qui es-tu ?
- Ceux qui vont mourir m'appellent la questionneuse.
- Tu poses des énigmes ?
- Je suis le symbole des croyances portant sur le sort ultime de l'homme. Je suis donc source d'énigmes. Connais-tu la réponse à celle-ci : Qui a quatre pattes le matin, deux à midi et trois le soir ?
- Bien sûr, c'est dans tous les manuels scolaires. C'est l'homme. Il marche à quatre pattes quand il est enfant, il marche debout quand il est adulte et il utilise une canne quand il est vieux.
- C'est bien. Tu comprends, c'est immuable, c'est la destinée de l'homme. Voilà ce que je suis, je suis la destinée de l'homme, je suis la lumière de vie. Je fais fuir la maladie, mais je suis aussi la mort. C'est ma double nature. La vie et la mort sont inscrits en moi.
Le père de Sandrine a vu une représentation du dieu Soleil, il a vu l'incarnation des pièges de la destinée, il a vu le Sphinx.

Le frère de Sandrine, figé dans cette aberration intemporelle, que voit-il ?

Il voit sa sœur, assise au sommet de la croix. Il voit deux oiseaux marins immenses tels des albatros posés de chaque côté de Sandrine, chacun sur une branche de la croix. Il voit deux oiseaux fabuleux qui discutent avec sa sœur.

- Qui êtes-vous ?

L'oiseau à sa droite répond :

- Je suis fille des dieux du vent.

L'autre oiseau ajoute :

- Nous sommes le bonheur. Ceux qui nous appellent aspirent au calme.

Sandrine regarde son frère figé au-dessous d'elle dont les grands yeux immobiles d'enfant semblent l'interroger. Sans se détourner, elle demande :

- Que vont-ils devenir ?

- Tu ne leur es pas indispensable.

- Mon pauvre frère... Mérite-t-il mon geste ?

- Il n'y a aucune justification. Chaque être est entier, même si les hommes interfèrent les uns avec les autres.

- Je veux mourir, je ne veux pas leur malheur.

- Pourquoi veux-tu vivre ?

Sandrine se tourne vers l'oiseau avec un regard décontenancé :

- Pourquoi je veux mourir ?

- Il nous importe peu de savoir pourquoi tu veux mourir. Dis-nous pourquoi tu veux vivre. T'es-tu déjà demandé les raisons de vivre ?

- Les raisons de mourir sont plus importantes.

- Les raisons n'ont pas de poids, ni les raisons de mourir, ni les raisons de vivre. Il n'y a pas de balance. Mourir est déraisonnable. Mourir est dicté par la passion, pas par la raison.

- J'ai donc des passions de mourir.

- La passion est fugitive, mais nous concevons que la raison soit une lourde charge pour toi, à cet instant. Lorsque la passion se libère de la raison, elle projette toute sa force, toute son extravagance. Il faut la calmer et se trouver des passions de vivre. La vie est passionnante, mais il faut savoir absorber tous les plaisirs, un à un, en apprécier leur pleine valeur. Il est aisé de vouloir mourir ; ce que nous attendons, c'est de savoir pourquoi tu veux vivre.

Sandrine pleure :

- Vivre pour ma famille ? Pour lui éviter le malheur ?

- Non, on ne vit pas pour les autres, on vit pour soi.

- Mais on peut mourir pour les autres.

- Personne ne mérite qu'on meure pour lui, sauf si la mort sert la vie. Ta mort serait-elle utile à la vie ?

- Non...

L'autre oiseau ajoute :

- Tu as deux besoins essentiels à satisfaire, la satisfaction du corps et la satisfaction de l'esprit. Fais l'inventaire de tous les plaisirs du corps.

L'autre oiseau complète, en écho :

- Fais l'inventaire de tous les plaisirs de l'esprit.

Sandrine répond à l'un :

- Les plaisirs du corps ?

- Oui. Manger, boire...

Puis à l'autre :

- Les plaisirs de l'esprit ?

- Oui. La beauté, rire...

Elle réfléchit, radieuse :

- Comme ces odeurs de fleurs qui montent avec la nuit ?

- Exactement.

- Et cet air vivifiant qui vient de la mer ?

- Tout à fait !

Elle caresse les oiseaux :

- Comme toucher des choses agréables ?

- Oui. Un animal, un objet, une plante... un être humain. Regarder pour le simple plaisir des yeux, écouter une mélodie agréable, bouger tout ton corps.

- Ce que vous êtes en train de m'expliquer, c'est que le plaisir du corps, c'est le plaisir des cinq sens.
- Parfaitement ! Utilise tes sens pour le bonheur, n'en néglige aucun. La vue, l'ouïe, l'odorat, le goût, le toucher, tous sont importants, tous sont des liens privilégiés avec ton environnement, tous sont des liens privilégiés avec le bonheur. Apprends à les utiliser pour ton plus grand plaisir, à chaque instant !
- Mais... les plaisirs de l'esprit ? Ce sont les plaisirs des sens ?
- Tu es perspicace. C'est vrai, les plaisirs de l'esprit sont intimement liés aux plaisirs du corps. Cependant, la satisfaction spirituelle peut s'élever bien au-delà de la satisfaction physiologique. Y parvenir est la panacée. Absorbe les plaisirs, tous les plaisirs.

Sandrine devient songeuse :
- Ainsi j'aurais les raisons de vivre ?
- La sérénité ne se cache pas, elle est en toi. A toi de te saisir des plaisirs de la vie. Les réponses sont en toi...

Le frère de Sandrine avait vu les symboles de la paix et de la tranquillité, il a vu l'incarnation de la fin des tourments, il a vu les alcyons.

La mère de Sandrine, figée dans cette aberration intemporelle, que voit-elle ?
Elle voit sa fille, assise au sommet de la croix. Elle voit, perché sur une branche de la croix, à sa droite, un oiseau fabuleux. Elle voit un aigle au plumage richement coloré de reflets bleu, rouge et or qui discute avec sa fille. Chaque mouvement de l'oiseau provoque un flamboiement de couleurs.
- Qui es-tu ?
- Je change l'existence de ceux qui me rencontrent. Je suis la vie et la mort.
- Tu es venu pour moi, car je suis morte.

- Es-tu morte pour la vie ?

Sandrine le regarde de ses yeux clairs et profonds où scintillent les teintes chatoyantes de l'oiseau. Elle est subjuguée par l'oiseau qui répète :

- Es-tu morte pour la vie ?
- Je ne comprends pas.
- La vie t'a-t-elle quittée ? Ton corps est-il épuisé ? Ton esprit n'est-il plus rien, sans raison ni passion ?

Elle baisse les yeux vers son corps matériel suspendu à mi-hauteur.

- Je vais mourir.
- Rien n'est définitif. Le jour vient de mourir, cependant il renaîtra demain.
- Cette mort du jour n'est qu'un concept, ma mort est une réalité.
- Ce désir de suicide heurte ton intelligence.
- La passion n'est pas la raison.
- Tu as beaucoup appris.
- Il est trop tard.
- Veux-tu vivre ?

Sandrine baisse la tête. Une larme coule sur sa joue gauche pendant qu'une même larme coule sur la joue droite de sa mère. Le miroir de la vie s'installe.

- Oui…

La mère de Sandrine a vu l'Être doué de toutes les perfections, elle a vu le Phénix.

Une lueur intense aveugle Sandrine, comme si le soleil s'était installé à côté d'elle, là où se tient l'oiseau. Le temps reprend son cours. Un oiseau énorme s'abat au pied de la croix, mort.

- Sandrine ! Descends tout de suite !

La voix angoissée a une intonation de détresse folle.

- Oui, maman. Je viens…

Avec adresse, Sandrine dégringole le long de la croix avec autant d'aisance que lors de son escalade. Enfin au sol, elle saute rejoindre sa famille qui l'encadre puis l'entraîne sans un mot vers la voiture paternelle. Ils ont tous dans le regard la même lueur animée, des feux multicolores qui dessinent Sandrine. En quelques secondes, sans bruit, la place est désertée. La nuit passe en silence, sans plus aucun mouvement.

Au lever du soleil, les premiers rayons sur le plumage de l'oiseau au sol l'animent de feux multicolores. Les couleurs crépitent, les flammes jaillissent et l'oiseau disparaît dans un intense brasier. Le feu danse au rythme du chant d'une alouette matinale, une fumée blanche virevolte pour s'échapper en nuages minuscules aux formes fantasques. Ensuite, d'autres chants d'oiseaux lointains retentissent, le feu s'apaise, les cendres encore un instant rougeoyantes se ternissent. Il ne reste qu'un amas gris, petit monticule témoin de la réalité de la nuit alors que la teinte du soleil passe du rouge au jaune.
Une légère brise se lève avec l'apparition du jour. Les cendres, sollicitées par cet appel de la mer, se dispersent, virevoltent et s'assemblent. Le vent marin, impuissant, retombe. L'amas regroupé au sol est pris d'un tremblement, le contour des cendres perd sa netteté alors qu'une forme émerge de cette poussière, une forme ailée. Un oiseau vient de naître, les cendres ont disparu.
Le goéland s'ébroue puis prend son envol vers le large, plein sud. Il va rejoindre les oiseaux de mer, à la poursuite d'un chalutier des hommes.

# Coup d'État

Aujourd'hui, on me donne vie.

Aujourd'hui, cinq individus éparpillés aux frontières du pays m'extraient de ma chrysalide.

Conçue et libérée, je prendrai mon envol ! je dévorerai l'espace et, de proche en proche, telle l'araignée, je tisserai ma toile, je prendrai les âmes dans mes filets, je me nourrirai des commérages, je m'amplifierai pour courir, bondir et filer, j'animerai les conversations, je me propagerai, colportant, diffusant, divulguant mon apparence, je me multiplierai pour me populariser, pour me répandre et me reproduire ; je viendrai à point donné dans ce contexte tendu où je me diffuserai pour répondre à une attente et à une angoisse globale, je serai l'espoir du cœur, je me fortifierai de bouche à oreille et je me nourrirai de mes vecteurs, j'armerai mes conquêtes d'une substance nouvelle pour m'affermir, me renforcer et me consolider, puis les détails, de répétition en répétition, me mettront plus en avant et, fortifiée, je m'appuierai sur les notables pour grossir et accentuer ma domination, mon essence va s'accroître, enfler dans des proportions indéniables ; accréditée par mon ampleur, je déferlerai de villages en villages, je gagnerai les villes, je circulerai sous le manteau ; enfin, je m'étendrai pour irradier tout le pays, je m'imposerai aux profondeurs de l'esprit, je soumettrai l'âme collective, je me déformerai pour croître, je tromperai les âmes, je me nourrirai de moi-même, je me gaverai des bavardages, je me laisserai couver pour me repaître des pensées ; messagère de l'erreur et de la vérité, je serai une nouvelle qui se propage, mais je ne serai ni la vérité, ni l'erreur, j'aurai l'authenticité des faits, je serai une certitude dans la bouche de ceux qui me rapporteront, je serai parole d'évidence et d'exactitude, j'aurai le sophisme lucide et l'objectivité sera égarée, ma vraisemblance sera illusion ou méprise et le raisonnement sera vicié car, de nature dichotomique, je porterai la vérité et je porterai l'erreur ; j'arborerai l'imposture, je m'exhiberai pour croître, je m'exporterai pour précipiter en retour une force diversifiée, insidieuse ; fortifiée, j'appâterai d'une touche d'affectivité pour faire frémir et ressortir la sensibilité, pour me parer d'une humanité portée par l'émotion ; facteur d'un nouveau fléau sans consistance mais au danger réel, coursier rapide et actif de nouvelles erronées ; tantôt empressée, tantôt indolente, j'aurai toujours ma vivacité de faussaire, je sèmerai la terreur et je répondrai à la terreur, j'exorciserai l'angoisse, je conjurerai la peur et je chasserai l'inquiétude, tout ce que je toucherai sera altéré, appauvri, mais qu'importe ! contrefaite, dégradée, je ne serai pas ébranlée, je serai plus forte encore, fardée par tous les esprits aveugles qui m'entretiendront, parée d'une sensibilité à fleur de peau je continuerai à tromper et à me dénaturer, je poursuivrai mon œuvre de communication, orale, de proche en proche, je serai le lien de conversation de régions entières, on me divulguera en confidence ou on me livrera à cris, et je gagnerai la capitale, je vivrai de la collectivité, je serai la réponse à l'inconscient collectif qui ignore tout besoin de connaissance ; pour satisfaire les esprits fragiles, je serai le soutien d'un unisson irresponsable, l'inquiétude sera ma nourriture, la crainte mon essence ; d'appréhension en émotion, je me bâtirai sur le malaise et la préoccupation de la population, je torturerai ses soucis et je cultiverai son effroi pour qu'elle me fasse croître car je serai le soulagement de sa peur, oui, je serai le soulagement à l'inconnu, je serai le remède obscur des espoirs secrets, je serai le révélateur extérieur des pensées enfouies et refoulées ; devenu une évidence publique, je n'aurai nul besoin de preuves, je m'affirmerai, me confirmerai et serai mon propre témoignage, ma conviction sera dans le regard et les paroles des autres, je serai le pendant trompeur du déséquilibre, le secours du faible, je serai la réponse aux désirs et aux angoisses, aux soifs de rêve, je serai la justification des attentes, je comblerai les besoins, je serai l'oracle du peuple et je fragiliserai la société pour provoquer l'événement, car j'écrirai l'Histoire, j'encouragerai l'action, j'inciterai les indécis, je pousserai les faibles, j'utiliserai la brèche des esprits influençables, j'inciterai à l'acte, quelles qu'en soient les conséquences ; qu'importe l'innocence ! qu'importe la vérité ! qu'importe l'erreur ! je suis la messagère irraisonnée de la terreur.

- *La rumeur part aujourd'hui, colonel. Dans une semaine, le gouvernement sera déstabilisé et ce sera à nous d'agir.*
- *Un plan machiavélique, mon général !*
- *Merci. Oui, un plan très habile...*
- *La peur du peuple nous portera au pouvoir.*
*La porte explose. Une dizaine d'hommes armés envahissent la pièce avec précipitation. Les armes menaçantes sont pointées sur les deux hommes aux visages surpris.*
- *Général Bremra, vous êtes en état d'arrestation...*
*Le chef du commando tourne autour de ses deux prisonniers avec un sourire satisfait avant d'ajouter :*
- *Je suis heureux de vous surprendre chez vous, je craignais que la rumeur de ces jours-ci sur votre éventuelle arrestation vous incite à fuir le pays !*

# Anticipation – science fiction

# 3D

Simon éprouvait d'immenses difficultés pour essayer de rassembler ses idées, tout était si confus en lui, comme au sortir d'un sommeil artificiel... Un coma de vingt ans, une anesthésie prolongée ou une fantastique gueule de bois ? Où était-il donc ? Qui était-il ? Il s'appelait Simon... mais Simon comment ? Il se tenait debout face à un individu... Qui était cet homme ? Il lui parlait, c'était évident, toute sa physionomie l'indiquait : l'expression de son visage, son regard appuyé, les mouvements de la bouche, de la gorge et des mains. Cependant Simon était inquiet et mal à l'aise car il ne percevait aucun mot de la conversation. Pas un son ne lui parvenait, il était plongé dans un silence angoissant. Simon voulut s'exprimer lui aussi, il voulait communiquer oralement, ne serait-ce que son malaise, le trouble qui l'envahissait. Il fit un effort pour s'avancer mais en vain, son corps ne lui obéissait pas, il ne se soumettait pas à sa volonté, il refusait le moindre de ses ordres pour se déplacer à sa guise, comme s'il était mu par une autre intelligence, contraint par un esprit plus fort. Soudain, la confusion dans son esprit s'estompa et il perçut enfin une bribe de phrase :
- ... maître avant la loi. Plus après.
Bien malgré lui, il s'entendit répondre :
- Père je suis ton fils, tu ne peux pas me la laisser prendre.
L'autre parla encore, mais il ne l'entendait plus. Seuls des bruits stridents l'agressaient et traversaient sa tête en faisant naître des douleurs vives mais heureusement fugaces. L'image de cet homme s'estompait par intermittence, puis elle devint floue pour disparaître tout à fait. Ses yeux ne lui dépeignaient plus qu'une couleur unie blanche, lumineuse à l'extrême. Qui était-il ? Il ne le savait pas, il était incapable de s'en souvenir, ni même d'imaginer qu'il pouvait avoir été quelqu'un. Où était-il ? L'analyse de

sa question resta en suspens, absorbée par un stimulus de son corps qui lui envoya tout à coup une immense douleur, comme s'il n'était plus qu'une plaie, un être dépecé vivant et trempé dans l'alcool. Pris d'une souffrance indicible, il voulut hurler, mais aucun son ne sortait de sa bouche, il aurait voulu contracter son visage, mais rien ne répondait à ses sens exacerbés. Il sentait sa bouche s'ouvrir, sa mâchoire remuer, sa langue s'agiter, mais ses cordes vocales tenaient un langage qu'il ignorait :

- ... cette odeur défendue et ce bon pain du soir sous la lampe, quand tu me...

Il ne put saisir le sens des autres mots que pourtant il articulait mais qui ne résonnaient plus en lui. Une forme humaine apparut du néant. Il se jeta dans ses bras, bien involontairement. Son corps accomplissait toutes sortes de choses qu'il ne commandait pas. Au contraire, celui-ci refusait systématiquement le moindre de ses ordres. Simon subissait tous les éléments de son environnement ; ses sens lui transmettaient des stimulations vives ou douces, brèves ou lancinantes, irritantes ou voluptueuses, des excitations par vagues souvent fortes, cependant rien ne lui permettait d'agir et il s'en trouvait terriblement affecté. Il souffrait d'un cauchemar pénible à l'extrême tout en refusant d'admettre que ce put être un rêve. Il fut de nouveau décontenancé lorsque tout disparut une nouvelle fois autour de lui...

Hémon se demandait qui il était et ce qu'il faisait ici. Quel effroyable cauchemar l'envahissait ? Il souhaitait de tout cœur se réveiller. Simon partit malgré lui comme un zombi dans un coin de la pièce. S'appelait-il Hémon ou Simon ? Soudain, il sentit son cerveau se vider avec des borborygmes atroces, puis il eut l'impression que sa tête se remplissait peu à peu de matière mêlée à des souvenirs, un liquide mélangé de vécu... Il aspirait à fuir ces sensations horribles, s'échapper de ce corps qui lui meurtrissait l'esprit et quitter ce purgatoire diabolique pour le néant ou la mort. Peu lui importait, il souhaitait au fond de son âme une délivrance, quelle qu'elle soit. Quel être hantait-il ? Tout était blanc et lumineux autour de lui. Il éprouvait de grandes difficultés à rassembler ses idées... Qui était-il ? Peut-être s'appelait-il Simon Manfried, ce nom lui paraissait familier... Quel nom ? Il ne se le rappelait déjà plus. Que faisait-il dans ce corps qu'il habitait mais qu'il ne commandait pas ? Serait-ce la réincarnation ? Était-il un fantôme errant de corps en corps, rattaché par bribes aux esprits qu'il hantait ? Quel rêve étrange ! Tout n'était que brumes à présent, tout était de nouveau blanc et lumineux ; il se sentait défaillir. Qui était-il ? Qui était-il ? Simon ? Oui, Simon... Tout s'estompa, il s'anéantissait...

Le lendemain, dans le journal Le Monde, à la page scientifique, parut cet article :

*"Le progrès au service de l'Art et du Spectacle.*

*Nous avons pu assister hier à l'Université de Technologies avancées de Toulouse à une représentation théâtrale tout à fait étonnante : les laboratoires de recherche des applications LASER nous ont offert en spectacle un extrait de pièce de théâtre filmé et reproduit en trois dimensions. L'effet est saisissant : la scène était vide et, à peine les appareils de reproduction étaient-ils enclenchés, que celle-ci s'emplissait des acteurs et du mobilier. Le tout, personnages, meubles, était immatériel bien entendu. Le professeur Lluck nous en fit la démonstration en traversant la scène et en passant, tel un fantôme, au travers des décors et des comédiens ! Les faisceaux LASER et les concentrateurs électromagnétiques reproduisent à la perfection les objets et les êtres humains dans leurs mouvements. L'illusion est parfaite, jusqu'aux sons qui sont reproduits par ces appareils. Les trois dimensions donnent une vie inimaginable à la reproduction de scènes du quotidien. Je tiens à le répéter, la reproduction des personnages est parfaite, si excellente que les acteurs semblent faits de chair, de sang et d'os, animés de sentiments et, pourquoi pas, dotés de la faculté de penser...*

*FIN*

# L'objet complexe

Max Tellier sent un pincement au cœur en découvrant le paysage de son enfance, tel qu'il était trente-trois ans auparavant. Aussitôt, un regain de nostalgie le stimule.

A vingt-cinq ans, il avait acquis une notoriété et une célébrité qui surclassaient celles de tous les hommes de son époque. Les journalistes n'hésitaient pas à dire qu'il était le plus grand parmi tous les hommes de science du passé. Einstein lui-même, longtemps considéré comme l'homme de science le plus populaire du vingtième siècle et des siècles qui suivirent, Einstein lui-même était éclipsé... Max n'avait-il pas inventé la machine à voyager dans le temps ? Même si seul le passé pouvait être exploré grâce à sa découverte, ce bond technologique de la science était considéré comme l'événement majeur survenu dans l'histoire de l'humanité depuis l'invention de l'écriture. Bien entendu, peu de personnes possédaient l'autorisation de voyager dans le temps afin d'éviter toute interaction sur l'Histoire. Cependant, comme inventeur du système multi-temporel, il avait été admis d'office en tant que voyageur privilégié, après avoir toutefois prêté serment sur la Charte Directive Des Grands Voyageurs.

Après avoir parcouru mille espaces-temps, il avait voulu remonter aux sources, à la source de ce qui lui avait permis d'être ce qu'il était maintenant. Car sa gloire, il la devait à quelqu'un, ou plutôt à quelque chose, sans qu'il ne l'avoua à quiconque.

La chose en question se présente sous la forme d'un objet étrange qu'il trouva alors qu'il n'avait que seize ans. Il le découvrit flambant neuf, sans salissures ni le moindre reliquat d'humidité. Pour quelle raison se trouvait-il à cet endroit, sur son chemin d'adolescent ? Cette question le hante depuis des dizaines d'années sans qu'il n'ait osé faire le pas fatidique. Cependant il avait décidé qu'aujourd'hui il en obtiendrait la réponse, puisqu'il avait programmé sur le tableau de bord de sa machine le jour de sa découverte, seulement quelques heures avant l'instant crucial.

Le matin radieux qui s'offre à Max en sortant de sa machine à voyager dans le temps le ravit. Ses souliers s'imprègnent de l'humidité de la rosée dès l'instant qu'il foule l'herbe de la clairière où il vient d'apparaître. L'endroit est isolé, caché par une haie d'arbres et de taillis. max emplit ses poumons de l'air vivifiant de l'aube à la recherche des odeurs qui stimuleront sa mémoire afin de raviver les souvenirs heureux enfouis au fond de son âme. Sans hâte, il se rend à l'emplacement tout proche où reposait l'objet lorsqu'il le trouva à l'époque, un simple fossé près d'un taillis en bordure de chemin.

Il constate d'un air déconfit que l'objet en question est absent. Pas encore perdu par son propriétaire, pense-t-il. Il se rappelle l'avoir trouvé seulement l'après-midi vers seize heures environ, en revenant de chez Jory, le voisin avec lequel il a passé la journée.

Max retourne à sa machine temporelle sur laquelle il programme quatorze heures. En décidant de venir spécifiquement pour savoir qui a perdu cet objet, il ne s'attendait pas à cet assaut de nostalgie. Il se pensait animé d'une unique et juste curiosité. Quel est donc le réel inventeur de ce qui avait fait sa fortune ? Pourquoi n'y a-t-il aucune mention d'une machine à explorer le passé avant que lui-même la construise ? Qui est ce personnage et qu'est-il devenu ? S'est-il égaré dans un passé sans retour ?

A nouveau, la déception envahit Max, l'objet n'est pas là où il devrait se trouver. Il se résout à programmer sa machine pour quinze heures... Hélas, l'objet est encore absent de l'endroit qu'il doit occuper à seize heures. Il décide alors d'attendre... d'attendre que cette dernière heure s'écoule... pour être certain de voir... quoi ? Il n'en a aucune idée.

Une demi-heure se passe sans que rien ne survienne. Personne ne vient. Max, d'abord nerveux d'impatience, devient alors soucieux. En effet, l'adolescent qu'il était à l'époque doit trouver cet objet pour devenir l'adulte qu'il est à présent. Si sa présence actuelle devait être à l'origine d'une modification du passé entraînant la non découverte de l'objet, il n'y aurait plus de machine temporelle, Max ne serait plus ce qu'il est, et qui sait ce qu'il sera ? Cet objet, c'est tout simplement - le terme est faible - la source même du voyage temporel. Cet objet miraculeux forme un modulateur magnétique qu'il étudia plus de cinq ans avant d'en comprendre le fonctionnement et, surtout, son application. Toutes les machines temporelles en sont maintenant équipées. Des modulateurs absolument identiques à celui qu'il doit trouver ici ce jour ont été reproduits ultérieurement sans la moindre modification, tant celui-ci semble être la perfection de ce qui est humainement réalisable...

Dans dix minutes, Max adolescent passera et le modulateur n'est toujours pas à sa place. Max adulte ne bouge pas, il guette avec une angoisse croissante l'horizon où son autre lui apparaîtra. Le voilà, au bout du chemin, Max jeune arrive ! Max adulte se souvient qu'un objet scintillant a attiré son attention. En effet, il se voit, adolescent, relever la tête, hésiter et, après réflexion, s'écarter du chemin pour venir dans la direction où il se trouve à cet instant. Max adulte jette un œil dans le fossé, mais l'objet n'y est toujours pas !

Désespéré, il se retourne instinctivement et voit un flash éclatant qui jaillit de l'habitacle de sa machine temporelle à la porte grande ouverte. Ainsi, il comprend par quoi son attention avait été attirée, la lumière de sa machine. Il effectue quelques pas pour aller fermer la porte, son appareil s'assombrit aussitôt. Dans moins d'une minute, Max adolescent sera là, mais il ne pourra pas découvrir l'objet, puisqu'il n'y a rien à l'emplacement prévu !

Max adulte s'interroge. A-t-il, par sa simple présence en un lieu où il n'aurait pas dû être, empêché que l'Histoire se déroule normalement ? En quoi a-t-il modifié le passé ? La sueur qui s'écoulait de son front brouille sa vision. En l'espace d'une vingtaine de secondes, son moi adolescent déboulera ici, mais l'Histoire connaîtra un bouleversement capital et irréversible.

En un éclair, Max adulte comprend la nécessité d'intervenir. Il débroche son propre modulateur magnétique, puis le jette dans le fossé juste avant l'arrivée de son ego. Grâce à cette manœuvre in extremis, le passé se reproduit sous ses yeux identique à ce qu'il vécut... Max adolescent découvre l'objet, l'examine, jette un regard alentour, puis met l'appareil dans sa poche. Enfin, il reprend le chemin de sa maison.

Max adulte souffle de soulagement, le passé est respecté ! Maintenant en possession de réponses à ses questions, il doit agir pour son propre futur immédiat. Comment repartira-t-il sans modulateur ? Inquiet, il se morfond en sachant qu'il lui est impossible d'en fabriquer un à cette époque...

La solution, simple, trop évidente peut-être, ne surgit qu'après plusieurs minutes d'angoisse et de réflexion : il connaît le futur des années à venir, cependant sa connaissance des quelques prochaines heures lui suffisent pour aller chercher le modulateur rangé dans sa chambre, repartir à son époque, et revenir quelques minutes plus tard de cette époque passée avec un autre modulateur en remplacement à remettre dans la chambre.

Il réalise ces allers-retours sans grande difficulté, aucune modification n'est intervenue.

Cependant Max reste dépité avec une question insoluble et obsédante à l'esprit : comment ce déchirement temporel introduisant un objet qui n'aurait jamais dû exister a-t-il pu se produire ?

*FIN*

# Le fruit

Mychka[2], femme très âgée qui ne pouvait plus s'aventurer dans la galaxie en bourlinguant d'un système solaire à l'autre, se trouve une nouvelle fois protagoniste dans le rôle d'un personnage qu'elle a fini par apprécier, celui de premier instructeur de jeunes recrues pour l'exploration interstellaire. Lorsqu'elle pénètre dans l'auditorium, le brouhaha habituel des étudiants meurt aussitôt en laissant place à un silence pesant. Tous se taisent sous la surprise de son apparition, subjugués par sa prestance que l'usure des ans n'a pas atténuée. Aucun des étudiants, après l'avoir vue, ne pourra plus croire que cette femme leste à l'expression puissante et affirmée puisse avoir plus d'un siècle d'existence. Celle-ci fait signe à sa douzaine d'élèves, tout frais sortis de l'adolescence, de se regrouper autour d'elle pendant qu'elle se pose dans un fauteuil du deuxième rang de l'auditorium. Elle attend patiemment que chacun se soit stabilisé dans une position plus ou moins confortable avant de prendre la parole pour annoncer, d'une voix grave et douce :

> - Avant d'entreprendre quoi que ce soit ce matin, je vais vous raconter une histoire, l'histoire de deux explorateurs de l'inconnu, tels que vous le deviendrez peut-être...

*« Bendie et Max étaient heureux, ils avaient enfin découvert une planète habitée. Après des années à vadrouiller dans l'espace sans rencontrer âme qui vive, cette peuplade à l'aspect primitif et rondouillard constituait pour eux l'aboutissement de leurs recherches et leur procurait une joie infinie accompagnée d'un bonheur indescriptible.*

*Pendant deux heures terrestres ils avaient tenté de communiquer avec eux au travers d'un transcriptophone,*

---

2 *Une dédicace pour Mitch.*

*mais les résultats totalement négatifs les avaient dissuadés de continuer plus longtemps cette expérience. Ils avaient fini par poursuivre leur tentative de communication par gestes, avec une impression de réussite supérieure. Le langage mimique est réputé pour être universel.*

*Enfin, une délégation de cette peuplade les emmena au village pour rencontrer celui que les deux explorateurs assimilèrent à un chef, selon ce que leur langage imagé leur avait laissé supposer.*

*Ce chef supputé avait des membres aussi courts et épais que tous les autres indigènes rencontrés. Il leur faisait une visite commentée mais peu compréhensible de son domaine, un petit village constitué de monticules de terre aux cavernes spacieuses. Tous les accueillaient aimablement avec ce qui ressemblait à un grand sourire d'où fusait une langue reptilienne agile. Leur petitesse les rendait sympathiques et agréables. Chacun des villageois y allait de son commentaire abscons, de quelques mots incompréhensibles ou d'un geste ample moins obscur...*

*De chemins en ruelles, ils arrivèrent devant une grotte plus petite située au cœur du village. Un des êtres s'approcha d'eux, plus mince que tous ceux qu'ils avaient vus auparavant. Bendie, de son instinct de mâle accompli, décela une prestance féminine en cet être d'allure différente. Aucun doute ne vint s'insinuer dans son esprit, c'était une femelle, une femme. D'autres êtres, à l'allure semblable, se tenaient en silence dans la pénombre, comme intimidés. En s'habituant à l'obscurité, les yeux des explorateurs parvenaient maintenant à distinguer une multitude de boules rouges écarlates qui reposaient dans la caverne, amassées au centre et surélevées par rapport au sol. La femme qui s'était avancée vers eux leur présenta une de ces boules rouges à l'éclat vif. Elle approcha la sphère de sa bouche en passant affectueusement la langue sur celle-ci, puis elle la tendit de nouveau vers les deux hommes. Bendie s'en saisit aussitôt et la renifla... Elle avait une odeur suave et sucrée. La faim réveilla son estomac, il porta l'offrande à sa bouche et il croqua à pleines dents. Stupéfié, Max assista au raidissement instantané de ces êtres, il reconnut en eux la peur, ce langage universel.*

*En un bref instant, les deux explorateurs étaient morts. »*

L'élève la plus proche de Mychka l'interroge en bafouillant :

- Pourquoi ? Le fruit était empoisonné ?

- Non...

*« Avant d'avoir pu faire le moindre mouvement, les explorateurs ont été lapidés. Leur mort fut brutale et rapide.*

*Les contacts entre ces êtres et les terriens restèrent longtemps très hostiles, la peuplade découverte ne pouvait accepter d'avoir des relations avec un monde aussi barbare.*

*Le langage gestuel qu'avaient établi les premiers explorateurs avait été sujet à une mauvaise interprétation, Bendie n'avait pas compris qu'il visitait une maternité. Pouvait-il deviner que cette femme lui présentait le fruit de sa chair, son enfant ? »*

Mychka, ravie de l'attention atterrée de son auditoire, conclut :

- Comme je vous pouvez le constater, il faut être prudent et se méfier des apparences. Nos stéréotypes peuvent nous conduire à des erreurs fatales. La communication sur un plan égalitaire est vitale pour la sécurité de tous.

- Comment avez-vous appris cette histoire ? Vous avez connu cette peuplade ?

- Oh, non ! Elle est complètement imaginaire, sortie du cerveau fêlé d'un raconteur d'histoires du vingtième siècle. Il y en avait beaucoup à cette époque, des fabulateurs...

*FIN*

# Fantastique

# CABEAR

Smithy est mort. Bien qu'il n'y ait pas vraiment de cadavre, tout au moins dans le sens habituel que suppose ce mot, aucun doute ne subsiste : Smithy est mort.

Mac Douglas est effondré. Son passé de baroudeur l'a habitué à beaucoup de surprises, d'étranges choses parfois. Cependant, ce qui est arrivé cette nuit dépasse l'entendement de ce grand gaillard d'une cinquantaine d'années. Des morts, il en a vu, des morts violentes, des litres de sang gorgeant la terre, des morts lentes sadiques, des morts inattendues... Mais une mort comme celle-ci, jamais.

***

*Ils avaient accosté les Nouvelles Galles du Sud exactement quatre semaines plus tôt. Smithy, en s'appuyant sur l'expérience de Mac Douglas et sur leur vieille amitié remontant à l'enfance, avait réussi à le convaincre de l'accompagner dans ce voyage d'exploration de l'Australie, cette nouvelle terre qui était en vogue dans les milieux londoniens proches de la Couronne. Smithy s'était offusqué qu'on y envoya des bagnards alors que ce nouveau continent méritait bien autre chose. Il avait pu trouver les fonds pour cette expédition, bien maigre en fait. Il faisait partie de ces rêveurs bien au-delà des réalités humaines, prêts à se lancer dans toutes sortes d'aventures ou de difficultés. Il n'avait trouvé que le soutien de son père pour fournir la principale aide financière. D'autres parents et un emprunt firent le reste.*

*Ainsi, les deux amis débarquèrent à Brisbane, un endroit peu accueillant dominé par un fortin pénitentiaire. Sans perdre un instant, ils constituèrent une petite équipe d'exploration en recrutant Jay, un marin dans l'attente désabusée d'un navire pour embarquer vers d'autres horizons, et Morgan, un jeune chercheur d'or malchanceux attiré par de nouvelles contrées. Tom, un ancien geôlier dégoûté de son métier, leur servit de guide...*

*** 

Mac Douglas contemple la tente de Smithy. Il constate que toutes ses affaires sont restées à leur place, qu'aucun désordre ne témoigne de la tragédie. Seul le lit de camp est absent. Tom en a enveloppé la dépouille de Smithy, puis l'a enterré au plus vite. Mac Douglas est figé, le regard vague, l'esprit préoccupé par l'impensable. Il ne parvient pas à admettre l'abomination de ce vendredi matin...

***

*Une odeur pestilentielle l'assaillit lorsqu'il repoussa de la main la toile qui fermait la tente. Auparavant, il avait appelé son ami, mais sans réponse. En soulevant le drap de couchage de Smithy, il ne put s'empêcher de pousser un cri d'horreur. Le lit de camp contenait une masse gluante d'où s'exhalait l'odeur âcre malsaine qui l'avait agressé dès son entrée dans la tente. La terre sous le lit était inhibée du liquide ignominieux filtré par la toile du lit de camp. Avec dégoût, après avoir appelé ses compagnons, il fouilla cette masse informe répugnante pour y découvrir avec crainte les preuves qu'il s'agissait bien là des restes de Smithy. Des morceaux de vêtements et des objets personnels confirmèrent ses inquiétudes.*

***

Mac Douglas range lentement les affaires de Smithy, s'attardant sur chaque objet. Une photo, un livre, une boussole, un morceau de tissu… constituent une collection hétéroclite et fortuite de souvenirs ou de liens qui s'associent à son passé. Derrière chacun, Mac Douglas se représente les proches de Smithy parmi sa famille et ses amis.

En suite logique de l'épouvantable événement découvert ce matin, les membres de l'équipe n'ont pas besoin de se concerter pour décider de lever le camp. Ils rentrent sur Brisbane, seulement quatre semaines après leur départ. Cette expédition n'a vécu que par la volonté de Smithy et n'a donc plus de raison d'être poursuivie.

Tom interpelle Mac Douglas en passant la tête dans la toile entrebâillée de la tente.

- Mac ?

Mac Douglas répond sans se retourner.

- Oui ?

Ses yeux sont rivés sur une photo où il pose au côté de son compagnon. Une invention qui fige le temps. Tom lâche la phrase fatidique qui le fait sortir d'une torpeur paralysante.

- Il est enterré.

- Bien. Je dirai la prière juste avant notre départ.

Tom ne tient pas en place, il repart dans une fouille minutieuse des alentours. Il recherche quelque indice sordide responsable du malheur de cette nuit. Mac Douglas pense quant à lui qu'une hypothétique maladie mortelle et fulgurante sévit en ces contrées inconnues. Ce décès les laisse perplexes.

Tout à son rangement, un carnet attire Mac Douglas. Les pages manuscrites sont couvertes d'une écriture qu'il connaît bien, celle de Smithy. Sur la couverture, il lit "JOURNAL DE ROUTE". Il se rappelle alors la décision de son compagnon, en abordant les Nouvelles Galles, d'y inscrire ses inventions et ses observations. Ému, il se remémore la silhouette de Smithy penché le soir sur ce bloc-notes. Son ami ne quittait jamais ce carnet, il le conservait jalousement avec lui, refusant à quiconque d'y jeter un œil.

Affecté par cet objet précieux, Mac Douglas ouvre le carnet. En tournant les pages d'une façon respectueuse, il y découvre une prose peu dense et maladroite. Le dos courbé, les yeux perdus dans ces notes, il part s'asseoir sur le tronc gisant d'un arbre mort. Son regard déchiffre les pages griffonnées pour prolonger encore un instant ses relations avec son ami, même si le message est post-mortem. Déçu, il constate que le carnet est presque exclusivement consacré à Cabear...

*JOURNAL DE ROUTE - H.W. SMITH*
*MARDI 06 JUIN*
*Voilà quatre jours maintenant que nous longeons le fleuve en remontant vers les montagnes où il prend sa source. Quatre jours de pluie.*

*Je débute ce journal à l'occasion de notre premier contact avec la faune inconnue de ces contrées. Depuis deux jours, nous sommes suivis. Nous avons senti une présence. Animal ou homme ? Aujourd'hui, il se confirme que c'est un animal. Des bruissements proches dans des taillis ont attiré mon attention. J'ai décidé de rester légèrement en arrière avec Morgan, ce qui nous a permis d'apercevoir cette bête. J'ai eu juste le temps de dévier le coup de feu de cet imbécile de Morgan qui a fait fuir le fauve. Cet animal entraperçu ressemble de loin à un lynx.*

*Nous avons eu une violente dispute. Nous sommes ici pour découvrir et observer, pas pour détruire. Suite à cet incident, j'ai intimé l'ordre à tous de ne tuer qu'en cas de danger ou pour refaire notre stock de nourriture.*

*Heureusement, l'animal vient de réapparaître ce soir. Je suis soulagé. Je considère l'incident clos.*

*JEUDI 08 JUIN*
*Il s'est arrêté de pleuvoir à midi. Nous progressons plus vite vers l'intérieur des terres.*

*L'animal est toujours derrière nous. Il semble craintif, mais il se rapproche de plus en plus. J'ai laissé de la nourriture, viande, légumes et eau, à bonne distance. Il ne s'en est pas approché. Il paraît chercher notre compagnie, comme s'il était fasciné par nous, des intrus sur son territoire.*

## VENDREDI 09 JUIN

*Le temps est toujours au sec. Le ciel demeure couvert et la pluie menace.*
*J'ai remarqué que la nuit l'animal restait près de nous. Nous l'avons observé à tour de rôle. Il disparaît de temps en temps pendant quelques minutes, peut-être pour aller chasser ?*

## DIMANCHE 11 JUIN

*Le temps devient beau. Il fait de plus en plus chaud. Notre progression est facilitée par une végétation de moins en moins dense.*
*Aujourd'hui, j'ai eu tout loisir d'observer l'animal. Nous sommes restés longtemps à proximité l'un de l'autre, trois pas à peine. C'est une bête étrange, ressemblant à la fois à un chat et à un ours, mais de la taille d'un loup.*

## LUNDI 12 JUIN

*Ce fut une grande surprise ce matin. Lorsque nous avons repris notre route, l'animal s'est placé à mon côté pour suivre notre marche. Sa tête tient vraiment du chat avec toutefois des oreilles rondes, mais le reste de son corps ressemble de beaucoup à un ours, cependant avec une allure plus élancée, plus svelte. A midi, je lui ai tendu de la nourriture. Il s'est approché sans prêter attention à ce que je lui proposais, puis il s'est couché auprès de moi. Je n'ai tenté aucun contact physique avec lui, tout en restant amical. Ce soir, il couche devant la porte de ma tente, comme un chien veille sur son maître. Je lui ai donné un nom, Cat-bear, chat-ours.*

## MARDI 13 JUIN

*Le temps est absolument sec. Plus le moindre nuage n'apparaît à l'horizon.*

*Catbear ne nous a pas quittés de la nuit ni de la journée. Au cours d'une halte, il est venu se frotter contre moi comme le ferait un chat domestique, en ronronnant. J'ai pu le caresser, son poil est très soyeux, agréable au toucher. Ce doit être une femelle, la grosse rondeur de son ventre la trahit. Je jurerais qu'elle porte des petits.*

*JEUDI 15 JUIN*
*Le fleuve est de plus en plus étroit. Nous avançons dans un lit asséché. Les crues et les décrues sont extraordinaires ici.*
*J'ai pu examiner Cabear, plus scientifiquement. Elle est vraiment agréable, câline et joueuse. Elle ne me quitte absolument pas, mais elle refuse toute la nourriture que je lui offre. Elle se contente d'eau. De toute évidence, c'est une femelle de l'ordre des mammifères, elle possède quatre mamelons. Elle ne correspond à rien de connu à ce jour, le postérieur d'un ours avec des pattes arrière munies de grandes griffes, des pattes avant à l'allure poche de celles du loup, et une tête très féline avec une mâchoire impressionnante aux dents acérées faites pour trancher, avec des rangées de dents postérieures plus massives pour broyer. Elle possède une gueule de carnassier capable d'arracher les chairs et de broyer les os les plus gros et les plus durs.*

*VENDREDI 16 JUIN*
*Notre chemin devient de plus en plus escarpé. Nous atteignons à présent les massifs montagneux, notre progression devient très lente. La chaleur est accablante.*
*Cabear ne mange toujours pas. J'ai eu une vive altercation avec Tom au sujet de Cabear. Il craint les loups, tout comme les chiens. "Je n'ai pas confiance en eux" m'a-t-il dit. Il a regardé avec inquiétude la mâchoire puissante de Cabear, cette mâchoire faite pour broyer, cette mâchoire de carnassier. Il a argué qu'elle pourrait d'un seul coup de gueule emporter le bras d'un homme et qu'il était dangereux*

de conserver un tel animal avec soi sans aucune précaution. J'ai refusé net la muselière de fortune qu'il projetait de réaliser. Cabear est douce et cherche notre compagnie, notre amitié. J'ai dû user de ma position de responsable de l'expédition pour amener Tom à mes raisons. Il demeure toutefois plus méfiant que jamais. Désormais, il se tient à bonne distance de Cabear, disant que s'il m'arrive quelque chose, je l'aurais cherché, et qu'il me tiendrait pour responsable des blessures que cet animal pourrait occasionner à un membre de l'expédition.

Tom est une forte tête.

SAMEDI 17 JUIN

C'est un jour de repos. L'altitude rend plus supportable le soleil persistant.

Une partie de nos victuailles a disparu cette nuit. Jay accuse Cabear. J'affirme que c'est impossible que ce soit elle bien que nous ne l'ayons toujours pas vue se nourrir. Elle dort depuis plusieurs nuits avec moi sous ma tente, la porte de toile rabattue et soigneusement fermée. Elle aurait pu sortir, mais nous en aurions vu les traces.

DIMANCHE 18 JUIN

Nous avons repris notre route. La marche a été facilitée par le passage d'un col. La végétation a complètement changé. Il devient difficile de trouver de l'eau.

Cabear ne mange toujours pas. Je lui ai fait un bouillon de légumes qu'elle a refusé, l'eau salée également. Elle ne se satisfait que d'eau pure.

LUNDI 19 JUIN

Nous avons eu un net rafraîchissement cette nuit, ce qui a provoqué un peu de rosée. Le temps changerait-il ?

Mac Douglas m'a fait remarquer que le ballonnement du ventre de Cabear a diminué. Je la côtoie tous les jours et cela m'a échappé. J'ai repris les mesures de cette bosse et elle aurait perdu environ la moitié de son volume ! Toutes mes suppositions sont à revoir. Un mammifère qui porte un ou des petites grossit, donc elle n'est pas du tout sur le point de mettre bas. Cela réduit aussi à néant mon hypothèse selon laquelle elle ne se nourrissait pas pendant la gestation. Serait-ce donc plutôt une maladie ? En cours de disparition ou dans une phase d'aggravation ? Elle a pourtant l'air de bien se porter.

Ma pauvre Cabear !

## MERCREDI 21 JUIN

Des nuages se profilent à l'horizon vers l'est. Pas de pluie pour aujourd'hui.

Morgan a glissé du bord d'une falaise escarpée. Heureusement, il n'est pas blessé mais il a perdu une partie de son bagage.

Jay accuse Cabear de porter malheur. La disparition d'une partie de notre nourriture, le manque d'eau et la chute de Morgan en sont trois exemples d'après lui. Il souhaite que nous nous séparions de l'animal, mais je sens qu'il désire surtout sa mort.

Les marins sont très superstitieux.

## VENDREDI 23 JUIN

Toujours pas d'eau. Bien que le terrain soit plat, notre progression n'en est rendue que plus difficile. La soif se fait sentir.

La grosseur du ventre de Cabear diminue toujours, signe que la maladie régresse, je suppose. Les changements sont visibles de jour en jour dorénavant. Elle me semble plus alerte quand elle nous suit.

Mac Douglas, après avoir essayé de me persuader d'abandonner Cabear, m'a proposé de partager son eau.

Ces deux nouvelles m'ont réjoui.

## SAMEDI 24 JUIN

*Toujours pas d'eau.*
*La tension monte dans notre groupe et j'ai remarqué que Cabear montrait aussi des signes de nervosité.*

*DIMANCHE 25 JUIN*
*Le vent a tourné, amenant des nuages et une petite pluie bienfaisante. Elle fut insuffisante toutefois pour refaire les réserves d'eau.*
*Cabear nous a abandonnés quelques instants en soirée. A son retour elle a refusé la ration d'eau que je lui proposais. Je pense qu'elle connaît un point d'eau. Demain nous resterons ici pour camper. J'essayerai de suivre Cabear jusqu'à l'endroit où je suppose qu'elle s'abreuve.*

*MARDI 27 JUIN*
*L'eau trouvée hier grâce à Cabear nous a permis de nous désaltérer à satiété et de refaire toutes nos réserves. Elle a un goût légèrement salé mais elle conviendra parfaitement.*
*Après avoir marché toute la journée, nous abordons la descente vers la brousse. L'ensemble paraît plutôt désertique.*
*Cabear a presque le ventre plat. La tumeur pourrait-elle se résorber naturellement ?*

*JEUDI 29 JUIN*
*Nous avons trouvé un ruisseau que nous suivons. Nous ne manquerons pas d'eau avant longtemps. L'équipe semble avoir retrouvé le moral.*
*Cabear a un ventre parfaitement plat et redouble d'affection !*

*\*\*\**

Mac Douglas, avant de refermer le carnet, prend une plume et inscrit ces quelques mots :

*VENDREDI 30 JUIN*
*Smithy est mort. Cabear a disparu.*

*\*\*\**

94

Deux jours plus tard, alors qu'ils sont en pleine ascension lors de leur retour, Mac Douglas voit une forme familière se profiler sur un rocher, Cabear. Une expression de joie intense se dessine sur son visage et il l'appelle, siffle, puis fait de larges gestes pour l'inciter à venir. Elle hésite, s'approche doucement, jette un regard furtif aux autres hommes qui marquent leur indifférence - sinon leur mépris - et enfin se décide à rejoindre Mac Douglas.

Celui-ci s'assoit, la prend tout contre lui et la caresse, tout heureux de ces retrouvailles avec le dernier « copain » de Smithy. Il se rend compte que lui aussi a fini par s'attacher à l'animal. Sous ses caresses, il découvre une grosse forme sous le ventre de la bête, une énorme boule identique à celle qu'elle possédait lors de leur première rencontre. En un instant, il comprend...

Sans presque rien changer à ses gestes, il glisse tout en douceur sa main droite vers son poignard. Il s'en saisit brusquement pour l'enfoncer avec force et précision dans la gorge de Cabear. Le sang, source de vie, jaillit. Il maintient l'animal pris en tenailles dans ses bras fermes. Il parvient à éviter ses puissantes mâchoires jusqu'à ce que l'animal cesse ses efforts. Après avoir acquis la certitude de sa mort, il le repousse, se met à genoux et l'éventre pour en extraire l'estomac.

Ses compagnons font cercle autour de lui avec des regards interrogateurs, mais ils restent silencieux. Il croit bon de fournir des explications.

- Cet animal a dévoré Smithy ! Il a déchiré, broyé ses chairs et ses os, puis il a ingéré uniquement l'indispensable pour sa survie pour un mois. Voyez cette énorme panse... Il n'avait besoin que d'un peu d'eau pendant toute la période de digestion. Comme un boa qui avale sa proie et qui la digère lentement. Lui, il choisit sa proie et il la suit, jusqu'à ce que la faim le gagne. Il avait sa nourriture sur pied, toute proche, prête à être dévorée !

Ses compagnons n'avaient nul besoin d'explication. Ce qu'il avait fait, ils l'auraient fait eux-mêmes, sans se chercher une excuse. D'instinct.

Plus tard, ils ne comprirent d'ailleurs pas pourquoi Mac Douglas était allé se recueillir sur le petit monticule de terre signalant l'endroit où il avait enterré le contenu de la panse de l'animal.

## Bordel ! J'en ai quoi à foutre, moi, du morveux d'un super-héros ?

Je suis un mec tout à fait ordinaire. Pas con. La trentaine assumée, court sur pattes, avec une bedaine capable d'accueillir des triplés en gestation.

Des fois, j'ai le sentiment qu'une saloperie de destin funeste s'acharne sur moi.

Des fois, non. Juste un mauvais sort.

Pourquoi moi ?

Qu'ai-je fait au Bon Diable ?

Ou que n'ai-je pas fait au Mauvais Dieu ?

Alors, quand Minh déboule dans ma putain de vie de merde bien réordonnée, je demande une fois de plus : pourquoi moi ?

## 1 - Les fourmis

Quoi de plus passionnant que d'observer un nid de fourmis quand l'envie de glander est la plus intense ? Quand on se fait chier grave ? Quand la réserve d'ennui est inépuisable ? Assis sur mon banc, je me délecte l'esprit de voir ces fourmis s'activer autour d'un bout de pain mâchouillé. Se sentir l'âme d'un scientifique zoologiste apaise ma conscience qui oublie mon statut de glandeur : est-ce ma salive ou le pain qui les intéresse ? Combien de temps pour ramener le pain à la fourmilière ? Combien de fourmis ? Quelle organisation ?

Que des questions métaphysiques fourmiesques, en somme, aux réponses dignes d'inintérêt.

Les premiers jours de juillet sont baignés de soleil. Malgré l'altitude de ces lieux cantalous, l'ombre du tilleul sur le banc et sur ma pomme est la bienvenue.

Pas comme ce couillon qui stoppe sa voiture, roue avant gauche sur mon pain diabolique et mes fourmis bénies.

La vitre électrique côté conducteur se baisse.

- *Monsieur, bien le bonjour. Quelle belle saison !*
  *Nous sommes à Gradour ? Je cherche une maison.*

Il a pas lu la pancarte à l'entrée du village, le con ?

J'affiche une moue de mépris, je lève un sourcil et j'attends la question suivante, qui tarde pas.

- *Pourriez-vous m'indiquer, d'un chemin sans entraves,*
  *la maison de Monsieur Joseph Hardi, mon brave ?*

Mon brave ! Le bâtard ! Il se prend pour un seigneur en balade sur ses terres ?

Je lui réponds, index tendu, avec une gestuelle du bras gauche synchronisée sur mes propos.

- *Bien sûr...*

... mon con. Je donne les directives.

- *Bien sûr...*
- *Tu prends tout droit, première à gauche, première à gauche, un petit raidillon à gauche et première à gauche. C'est la maison aux volets bleus, sur la droite.*
- *Voilà qui est précieux, merci beaucoup mon brave.*
- *'service...*
... mon con.

Là, c'est le majeur qu'est tendu.


## 2 - La maison de Jo

La voiture aux vitres teintées, une magnifique limousine noire maculée de bouses, démarre avec lenteur. Son vrombissement s'oppose aux chants des grillons et des criquets, puis disparaît progressivement.

Aucun doute qu'un bataillon de fourmis est parti dans les interstices du pneu, englué dans le pain. Je n'aperçois que quelques fourmis clamecées traînées par des copines.

Je sais pas comment le groupe a pu échapper à l'écrabouillage, car elles sont plus nombreuses qu'avant à s'affairer sur la bouillie de pain étalée sur le bitume, et sur leurs congénères. Grouillent-elles, attirées comme des charognards cannibales, ou envoyées pour nettoyer la scène de crime ?

J'ai beau écarquiller les yeux sur ces insectes nettoyeurs, je distingue pas de marque rouge sur l'abdomen ou en brassard. Et puis ? Quel aurait pu être le signe emblématique ? Une croix, un croissant, une étoile de David ? Quel icône déictique ont-elles de leur dieu ? Et puis, peut-être sont-elles athées ou, pire, polythéistes...

Après quelques instants et des détours bienvenus, le moteur se fait de nouveau entendre : la compétition avec les chants de la nature reprend. Tout en douceur, la limousine revient se garer de l'autre côté de la rue. Les graviers craquent sous les roues du véhicule qui se taisent, fourbues.

Mes fourmis ont repris leur activité et moi mon inactivité… Le conducteur, un grand maigre en costard, descend et me regarde, méchant. Il va frapper à la porte de la maison, grande ouverte : pas de réponse. Il appelle, fait le tour, regarde par les fenêtres béantes : aucune réponse à ses multiples appels. Dépité, il retourne dans sa voiture et attend. Une heure passe ainsi : lui dans sa voiture, moi à la poursuite de ma thèse sur les fourmis.

### 3 - Le grand maigre

Le conducteur éteint le moteur et sort de sa voiture. Il traverse la rue puis se plante devant moi, raide sur mon pain et mes fourmis. Du pied gauche, ça devrait pas lui porter bonheur.

- *Excusez-moi, mon brave, personne ne répond.*
  *Monsieur Joseph Hardi, il me semble être ailleurs.*
  *Il n'est pas à la cave, personne au pavillon.*
  *S'il revient par ici, savez-vous vers quelle heure ?*

Je me lève pour aller à l'abreuvoir : pourquoi l'ont-ils mis à deux mètres du banc, ces salauds ? Sans quitter le type du regard, je farfouille de la main l'eau fraîche : merde ! Pas de bière ! Ces connards de mômes m'ont-ils encore piqué des bières pendant mon roupillon d'observation des fourmis ? Non. Il y a bien six cadavres. J'ai pas pris assez de canettes pour un travail aussi harassant… Je me laisse tomber sur le banc, les bras ballants de dépit.

- *Tu veux savoir si Jo rentre chez lui tantôt ?*
- *Oui. Monsieur Hardi Jo. Arrive-t-il bientôt ?*
- *Ça devrait pas tarder car la soif le prend à c't'heure. Donc,*
  *c'est chez lui qu'il va se rendre ou chez Mimile.*
- *Mimil' ? Est-ce un ami de Monsieur Jo Hardi ?*

- *C'est le patron du bar. Il n'y a qu'un troquet au village, alors quand on a soif...*

Je fais une tentative qui peut paraître conne, mais qui sait ? il est sympa ? ou vraiment con.

- *Tu paies une bière ?*

Le conducteur hausse les épaules en signe de dédain et retourne dans sa voiture, du pain, ma salive et des fourmis collés à la godasse.

En poussant un énorme soupir et mon cul, je me lève, je traverse la rue et je rentre chez moi sous les yeux ahuris du type.

## 4 - L'élu

Peu après, qui je vois entrer ? Le grand maigre encostardé, avec un mouflet vêtu sobre à sa suite.

Ce grand type croit bon de se présenter.

- *Vous êtes Monsieur Hardi ? Maître Aumany, notaire.*

Et moi je suis mètre soixante. Va donc te faire téter les yeux...

- *Vous êtes Joseph Hardi ? Me voici pour affaire.*

Il énerve à appuyer le ton sur mon prénom, ce con. 'marre de ce prénom de cocu.

- *Vous lui voulez quoi à Jo Hardi ?*

C'est ma pétasse d'ex qui l'envoie ? Pour le pognon, elle peut se brosser : elle a déjà la maison, j'ai plus rien, j'ai plus de boulot et j'habite la bicoque de ma tante.

J'aime pas son expression saccadée distante, froide et hautaine.

Le petiot me regarde avec ses grands yeux ronds, la bouche pincée, les mains dans le dos.

Le grand reste raide, il remue pas d'un cil. Il attend.

C'est bon. Je suis fatigué. Je me rends. Je m'assois et je décapsule une petite bière.

- *D'accord, c'est moi Jo Hardi. C'est pourquoi ?*

- *Eh bien, Monsieur Hardi, nous vous félicitons.*
C'est bien la première fois…
- *Jo Hardi, vous voici tuteur de ce garçon.*
J'ai soudain concrétisé l'expression « le ciel me tombe sur la tête ». S'il n'avait pas été si tard, j'étais dessoûlé de suite. Malheureusement, j'avais de l'avance.
C'est quoi, ce bordel ? Un coup de mon ex ? Non, s'il y avait un rejeton, je le saurais : elle a pas pu en faire naître un si grand en moins d'un an ! Un fils naturel ? Mais de qui, bon Dieu ?
Contrarié, j'avale le contenu de ma canette d'une traite, je me frappe la poitrine du poing et j'expulse un rot dépité.
- *Expliquez.*
- *Juste pour quelque temps, vous en avez la garde.*
  *Partagez avec lui votre vie montagnarde.*
  *Nous sommes très confiants que vous en prendrez soin.*
  *Nous donnons tout ce dont vous aurez le besoin.*
  *N'ayez pas d'inquiétude, ceci est provisoire.*
  *Dans un mois tout au plus, je reviendrai vous voir.*
- *Vous savez que vous m'énervez à causer comme ça. Je vais vous donner une purge pour les vers !*
- *Je vous prie d'excuser, tout l'art de ces propos,*
  *mais leur teneur est vraie, de tout ça, rien n'est faux.*
  *Cette manie est forte, j'en ai peu de contrôle.*
Il me gave, l'emplumé :
- *Tu parles normal, ou je vous mets dehors, toi et ton lardon.*
- *Je…*
Le bonhomme, tout grand qu'il soit, n'est pas d'un courage exemplaire.
La crainte fait passer la manie.
Comme la chanson fait passer le bégaiement, à défaut de versifier, le drôle débite ses phrases de façon empressée.
- *Je… Je suis enchanté de vous annoncer que vous êtes le bienheureux Élu.*
- *L'élu ? Où a eu lieu le vote ?*

- *L'Élu chargé d'éduquer le fils de mon commanditaire ;*
  *un célèbre super-héros qu'il m'est obligatoire de taire.*

Il est essoufflé par ses tirades expulsées d'un trait.

- *Je peux même pas savoir qui c'est ? Rien à foutre, tire-toi !*
- *Je peux vous montrer sa photo, vous le reconnaîtrez ;*
  *mais ne dites pas son nom, mon beau, je vous en prie*
  *assez…*

Il me présente la photo d'un être monstrueux, tout vert. Si ça, c'est son père, la mère, elle est bleue ?

- *J'ai déjà peur des petits hommes verts, alors un grand*
  *homme vert ! C'est le géant vert de la pub pour le maïs ?*
- *Non, c'est LE super-héros.*

C'est pas un truc pour moi. Je suis pas un super-héros, mais plutôt zéro et pas super, toutes les filles le disent.

- *Pourquoi pas demander à Superman ?*
- *D'habitude, c'est lui, mais Superman ne peut pas, il a pris*
  *un bain.*
- *Un bain ?*
- *Avec des sels de Kryptonite.*
- *Spiderman ?*
- *Il est amoureux d'une tarentule.*
- *Supernanny ?*
- *Elle est embarquée dans une autre histoire*
- *Ottomane ?*
- *Les Transformers ?*

Bon, laisse tomber. J'arriverai à rien dans ce dialogue de sourds. J'y comprends rien dans ces super-trucs.

Puisque je suis en plein coma éthylique, autant faire péter la capsule d'une bière.

Puis j'irai m'allonger dans une caisse rectangulaire en bois… avec poignées dorées…

### 5 - Mini H...

Ben non, ce sont pas des projections de mon imagination, ces deux caricatures.

Le loupiot m'a semblé plus que réel quand il a saisi le verre d'eau que je lui ai proposé. Quant au grand maigre, j'étais moins sûr... est-il possible de refuser une petite bière, même à peine fraîche ?

Tout ça, c'est foutre-branle et foutre-con, j'y comprends que dalle. Pourquoi je m'occuperai du gosse de la grosse tâche verte de la photo ? Son fils naturel ? Ou pas naturel.

Il veut quelqu'un de pas trop grand, qu'il dit, l'asperge. D'abord, on est pas de la même taille, moi et le minot. Je suis petit, oui, mais un mètre soixante, pas un mètre dix. Ou alors on compare ma circonférence avec la taille du merdeux. Et même ça, ça le fait pas.

J'ai beau me triturer les quelques neurones vaillants, des réponses, j'en vois pas. Des sensées.

Certains diraient qu'il a une bouille sympa, le morveux. Je sais pas qui Certains. Mon ex, peut-être. Ou ma demi-sœur. Il a une stature harmonieuse, la tête un peu grosse pour le reste du corps, comme tous les mômes. Rien de son monstre de paternel. Le cheveu ras, noir et dru, les joues rondes. Menton à peine formé et petit nez retroussé. Mais les esgourdes ! Il pourra stocker des cigares sur ses étagères à mégots ! Feuilles de choux bien en vue, face au vent.

Il faut que je teste... je m'approche et je chiquenaude son oreille.

La pichenette claque avec un bruit mat.

Le super-héros junior rugit sous la douleur et tout son corps se dilate. Il devient énorme, le dos courbé, coincé par le plafond de la pièce. Ses vêtements se déchirent sous son hypertrophie soudaine.

- *Oups !*

Je crois que j'ai fait une connerie...

Même pas peur, la sensation de peur étant inversement proportionnelle au taux d'alcoolémie dans le sang. Je peux garder mon sang froid, il risque pas de geler.

Mais quel cri ! Quel vent ! Moi qu'ai jamais vu un peigne, me voilà coiffé les cheveux en arrière pour la semaine.

- *Ça doit vous coûter cher en vêtements.*
- *My tailor is rich.*
- *Il devient pas vert ?*
- *Vous ne connaissez pas sa mère.*
  *Il ne tient pas que de son père.*
- *Moui, parme, ça a son charme...*

J'ai les yeux justes à hauteur de sa bite, au mioche. Et là, ce que je vois me troue le cul.

- *Son sexe, il grossit pas ?*
- *Petite confidence, gardez ça pour vous :*
  *Petit matériel, c'est tout pareil pour son père.*
  *C'est mieux pour les dames que cette petite affaire*
  *Reste raisonnable pour leur douce chatière.*
- *Évidemment. Si elle dit quelque chose qui fâche au bon moment. Mais 'faut qu'elle fasse gaffe quand même si elle veut pas finir toute plate. Et à la puberté ? Pareil ?*
- *...*


## 6 - *Les consignes*

Bon, OK, je suis l'Élu, mais de quoi ? Pourquoi ?

Il faut pas que les villageois voient le babouin en colère.

D'accord, mais bof, c'est pas mon problème. Qu'est-ce que j'en ai à foutre.

Si je me suis retiré dans ce trou perdu du Cantal, c'est pour être peinard. Fini le stress. Je vais pas me compliquer la vie avec l'étron d'un monstre de foire. Ou de BD.

Et l'autre qui remet ça à débiter ses phrases comme on expulse un pet.

- *Évitez de le fâcher, il tient de son père.*
  *Devenir énorme lui vient de sa colère,*
  *et il peut être violent s'il est stressé.*
  *Voyez, toute émotion forte il faut éviter,*
  *Rien ne peut être laissé au jeu du hasard,*
  *Redoutez les frustrations et les cauchemars.*

Le guignol ! Comment que je fais pour lui éviter les cauchemars ?

A l'instant où j'allais le mettre dehors, sans perte mais avec fracas, il se baisse pour prendre une mallette qu'il pose sur la table et qu'il ouvre. Elle déborde d'Euros, en billets de toutes valeurs. Beaucoup de billets de cinq, tu m'étonnes. Mais ces autres billets, là, c'est pas des faux ? Des billets de 100€, j'en avais déjà vus, quelques fois. 200€, je sais que ça existe, mais 500€...

- *C'est des vrais ?*
- *Bien sûr, ils sont tous vrais.*
- *Y a des billets de mille ?*
- *Ni de trois cents, ni de sept cents Euros, non mais,*
  *Tout ceci, ce n'est pas de la fausse monnaie.*

Sûr, avec des sous en pagaille, ma vie compliquée pourrait devenir plus simple.

- *C'est pour vous. Une juste rémunération*
  *pour la garde de l'enfant que nous attendons,*
  *Et elle devrait pouvoir couvrir vos faux frais.*

Pute vierge ! tout ce pognon... Il y a de quoi devenir cupide. Mais de là à garder le polichinelle, niet !

- *Dans un mois vous recevrez une autre valise,*
  *contenant une somme que j'actualise,*
  *pour combler tous vos frais et votre paie du mois.*
- *Avec une feuille de paie ?*
- *...*
- *Non, je plaisante...*

Bon, OK, je serai pas simplement cupide. Le mercantilisme me guette, je vire vénal en moins d'une minute.

- *Y a combien ?*

### 7 - *La voiture*

- *Vous pourrez vous acheter une automobile*
  *avec cet argent car il faut être prévoyant.*
  *Vous pouvez être confronté à une urgence.*
- *Mes voisins ont des voitures.*
- *Vous avez le permis ?*
- *De les emprunter ?*
- *Non ! le permis de conduire ?*
- *Oui.*

D'accord, il est suspendu pour 3 mois, mais je vais pas lui dire ça.

On me catalogue ivrogne et je me découvre depuis peu vénal, mais j'ai ma fierté.

- *Vous ne pourrez peut-être pas compter sur vos voisins.*
  *Achetez une voiture ou un autre engin.*
- *On est en France, ici, on peut pas acheter une voiture en*
  *liquide. Je me vois pas déposer le contenu de cette valise à*
  *la banque, ça va me faire des histoires.*
- *Achetez de l'occasion, soyez modeste.*
  *A un particulier qui appréciera ce geste :*
  *Un paiement en liquide pour sa voiture.*
  *Les voisins ne sont pas toujours disponibles*
  *Et s'il arrive quelque chose au petit...*
- *Pareil. Pas d'achat importants en liquide.*

Je vois à sa gueule que mes réticences l'agacent, et pas qu'au niveau de l'anus.

- *Pas pour un particulier.*
  *Faites les petites annonces.*

Il énerve à avoir réponse à tout. Ça doit être pareil pour tous les petits gros : les grands maigres, ça énerve.

- *J'ai mon scoot'.*

Il me regarde comme si j'étais un débile indécrottable. Ou comme si je venais de dire une connerie.

Il a pas tort.

S'il faut emmener le moutard sur le scoot', ça va être coton s'il est malade.

Dans un top case ?


## 8 - Le départ du notaire

- *Vous avez le téléphone ?*
  *Mobile, fixe ?*

Pour quoi faire, un téléphone ? Si je me suis retiré dans ce trou paumé, c'est pas pour être emmerdé par un pékin qui pourrait me parler sans que je voie cézigue.

Je veux être loin de tout. Y compris de la technologie qui caricature les liens humains.

- *Eh ! Non, bien sûr, pas de téléphone du tout...*
  *Dans ce cas, voici une autre chose pour vous.*
  *Portable GSM, appels illimités.*
  *Avec câbles, chargeur, vous voilà équipé.*
- *Et ça, c'est l'annuaire de Paris ?*
- *C'est le mode d'emploi.*

Bordel ! Je m'étouffe.

- *J'ai mis mon numéro dans les contacts, mon bon.*
  *Appelez-moi s'il y a une obligation.*

Sinon, démerdez-vous, c'est ça ? Il me prend pour qui, ce zouave ?

- *Voici pour vous une adresse poste restante.*
  *On se revoit dans quatre semaines pétantes.*
- *Avec une autre mallette ?*
- *La même.*
- *Et dedans ?*
- *La même chose.*

Là-dessus, ce gougnafier sort et monte dans sa voiture.

Avec nonchalance, le gamin le suit, les mains dans le dos, et moi itou, les bras ballants.

Toutes vitres fermées, la voiture démarre, fait demi-tour une dizaine de mètres plus loin et repasse devant nous sans ralentir.

Cambré, le p'tit gratifie le grand maigre d'un « Yéé » en guise d'adieu. Il semble même qu'il sourit.

Il est parti. Il me laisse seul avec le têtard.

Et tout ce pognon.

'n'empêche, je lui aurais bien cassé la gueule…

## 9 - *Le trentenaire*

Moi, un trentenaire, je vais faire quoi de c'te marmaille ?

Six ans ? Sept ans ? Comment dit-on pour les moins de dix ans ?

Pour des gens comme moi, on dit trentenaire. Pour quarante ans ? Quadragénaire. Cinquante ans ? Quinquagénaire.

C'est quoi ce suffixe agénaire ? Génération. On devrait dire alors trentagénaire.

Bordel de merde, ça devient coton !

On dit bien centenaire, plutôt que centagénaire. Ensuite, il y a sexagénaire, septuagénaire. Quatre-vingtagénaire ou octogénaire ? Quatre-vingt-décagénaire ou quatre-vingt-décenaire ou nonagénaire ?

Aspirine…

Mais pour les moins de trente ans, il n'y a pas de mot ?

Avant, c'est des jeunes, ils n'ont pas besoin d'être découpés en dizaines. Ils ont si peu vécu encore, les veinards.

J'ai plus qu'à trouver des néologismes.

Vingtagenaires ou vingtenaire pour la tranche de vingt ans ? Pour les dix, décagénaire ou décenaire ou dixenaire ou dit, j'exagère ?

Bordel de Dieu, ça aide pas pour le marmot.

Des unagénaires ?

Qu'est-ce que je vais faire de ce merdeux ?

- *T'es un zérogénaire ?*

- *Woo*

Il me regarde, ses yeux comme des soucoupes avec du vert pétillant au milieu. Bien sûr, tu comprends pas ma conclusion.

Pas grave.

Depuis qu'il est arrivé, tout ce que j'arrive à en sortir, c'est des « yoo », « yéé », « wii » traînants.

Bon, qu'est-ce qu'on va faire pour finir l'après-midi ?

- *Tu connais, les fourmis ?*


## 10 - La blessure

Crac ? Aïe ? Bordel de merde !

J'ai le gros orteil qui pisse le sang ! Si on peut plus marcher en tongs maintenant... Et puis d'abord, c'est quoi, tous ces petits bouts de verre ?

Il suffit de lever les yeux pour comprendre : l'ampoule du plafond est cassée.

C'est Mini-Héros qui a fait le coup tout à l'heure, lorsqu'il s'est énervé et qu'il s'est retrouvé coincé contre le plafond.

- *T'as vu, p'tit rigolo ? T'as cassé l'ampoule.*

- *Yoo*

Je fouille dans sa tignasse rase : pas de blessure.

- *Bon, toi, t'as rien. Y a peut-être un peu de vrai dans ce qu'a dit le Grand Maigre. Effroyable comme son père, et incassable. Tu bouges pas, je balaye les morceaux de verre.*

- *Wii*

J'expédie cette tâche ménagère pour me consacrer enfin à mon orteil.

La coupure est profonde. Je n'ai rien pour soigner ça. Il faudra que j'achète une trousse de premiers soins. Si ce n'est pas pour le Mini-Héros, ça peut me servir, avec la guigne qui se colle à mes basques depuis des mois.

Un couteau sur le feu de la gazinière, un rinçage de pied et un mouchoir presque propre en compresse sur l'orteil.

La lame du couteau bleuit dans la flamme.

J'ai vu faire ça dans un western, ça devrait arrêter le saignement.

Assis. Un peu de gnôle sur la plaie.

Hou ! Ça chauffe !

Maintenant, le couteau brûlant.

Allez, hop ! D'un coup sec, sans réfléchir !

Bordel de bordel de bordel de merde !

J'ai oublié le bout de bois entre les dents, est-ce que ça fait moins mal avec ?

Hou ! Y fait chaud ! Ça sent la viande grillée, mais ça saigne plus.

Gagné. Mais je jongle !

Allez, hop ! Cul sec, une belle rasade de gnôle.

## 11 - L'ampoule

- *Regarde, p'tit clown : le verre de l'ampoule est cassé, mais pas le filament. C'est bon, t'as vu ? Parce que, là, je fatigue…*
- *Yoo*

Je repose Mini-Héros au sol.

Je suis pas grand, et lui encore plus petit, mais avec ses yeux de gamin, il a dû le voir, le filament. Je le vois bien, moi.

- *A ton avis, elle fonctionne encore ? Elle peut s'allumer ou non ? Éclairer ou griller ?*
- *Wéé*
- *Je te parie qu'elle va s'allumer et griller aussitôt. Juste un flash et pfft ! l'ampoule. Si je gagne, je vide une canette à ma santé. Si je perds, je vide une canette à ta santé et tu pourras jouer avec la bouteille. Pari tenu ?*

- *Wii*
- *Regarde bien, je vais baisser l'interrupteur. T'es prêt ? Go !*
Une lueur fugitive éclate au plafond.
- *Wii*
- *Voilà, fini, grillé. Y a plus qu'à changer l'ampoule.*
Je m'empare d'un chiffon, d'une ampoule neuve, je pousse la table sous la lampe du plafond et j'approche une chaise. A la faveur de cet escabeau de fortune, je peux atteindre l'ampoule.
- *Qu'en dis-tu ? Pile-poil la bonne hauteur.*
- *Yéé*
Pas de bol, le culot de l'ampoule est impossible à retirer. J'ai aucune prise ; le chiffon n'apporte aucune aide. Il me faut un outil.
Je saute de la table directement au sol, sans passer par l'étape « chaise ». La frime, quoi, devant le marmot.
Il s'en est fallu de peu que je me rétame, mais je suis bon acteur. Le déséquilibre rattrapé de justesse, je le fais suivre d'une succession de cabrioles appuyées d'un grand sourire à destination du gosse. Un peu crispé le sourire, mais bon...
Et me revoici avec une vieille paire de pinces dans les mains, à l'assaut de l'ampoule récalcitrante.
Culot baïonnette, il suffit de pousser et de tourner d'un cran.
Merde, pas facile avec dans les mains des pinces, un chiffon et une ampoule.
OK. Les pinces dans la main droite pour se saisir du culot, le chiffon dans la main gauche pour tenir la douille... et pour l'ampoule neuve ? Simple, le culot serré entre les dents. Yes ! Ça le fait !
Ensuite, c'est le trou noir.
Je sors de ma torpeur. Combien de temps ai-je été inconscient ? No sais...
J'ai l'esprit embrouillé. Je suis allongé sur la table. Sur le dos. Une ampoule entre les dents.

La mémoire me revient, avec la réalité du présent. Je me suis pris une putain de châtaigne...

Je tourne la tête de côté.

Mini-Héros me regarde la mine réjouie. Il tend son petit bras, poing fermé avec le pouce levé.

- *Wii*

Je crache l'ampoule.

- *Elle s'est allumée, p'tit mec ?*

- *Waa*

Non, c'est mes yeux qui se sont allumés, sûr... J'aurais pas dû mettre du gros fil de cuivre la dernière fois que le fusible a pété.

Au plafond, j'aperçois la paire de pinces qui vacille au bout de la douille électrique. Et cette conne se casse la gueule avant que j'aie pu planquer mes couilles.


## 12 - *Le repas du soir*

- *Waa*

- *Arrête de jouer avec la bougie, p'tit pyromane !*

A croire qu'il a jamais vu une bougie de sa vie. C'est toujours fascinant, le feu, quelque soit l'âge.

Demain, je remplace cette saloperie d'ampoule. Quand il fera bien jour.

Je couperai toute l'électricité de la baraque. 'pas envie de me reprendre un autre putain de coup de jus.

Je m'installe à table, face au gamin.

- *Qu'est-ce que tu veux manger, petiot ?*

- *Woo*

Il a pas l'air emballé par tout ce que j'ai déposé devant lui. Ses grands yeux ronds s'attardent sur le pain, le fromage, le jambon... puis sur le pain, le fromage, le jambon... Parfois, je surprends un bref regard vers moi qui s'évade aussitôt vers le pain, le fromage, le jambon...

- *Quoi ? C'est que des bonnes choses d'ici, une grosse miche de pain complet qu'a moins d'une semaine, un reste de meule de vieux Cantal et un jambon sec comme tu n'en as jamais mangé, du bon comme ça, on n'en trouve qu'ici.*
- *Woo*
- *Ah ! Tu serais arrivé hier, t'aurais eu droit à une bonne soupe à l'oignon. Brûlante, tu fais fondre des copeaux de Cantal, un délice ! Et une lampée de rouge pour la tiédir... Mais y'en a plus. L'épicier ambulant vient demain, je referai le stock. Ce soir, j'ai plus que ça. Même plus de rouge. Plus une bière, rien.*

Je lui demanderai, à l'épicier, ce que ça mange un môme. Et ce que ça boit. Du jus d'orange, probable. Mais dans la soupe, pas terrible...

Bon plus bon n'égale pas toujours bon.

C'est vrai aussi pour les humains, un homme bon et une bonne femme donnent pas automatiquement un couple harmonieux.

Je me lève et j'attrape le jambon par l'os pour le maintenir en équilibre sur la table. Je sépare des tranches d'une telle finesse qu'elles en sont transparentes.

J'en place cinq dans l'assiette du gamin.

- *Tiens, goûte-moi ça ! Rien que du bonheur !*

Il regarde, circonspect, les cinq feuilles de belle dentelle porcine qui bordent son assiette.

Je le sens plus hésitant qu'intrigué.

Qu'est-ce qui va pas ?

Oh, Bordel ! Les couverts !

- *Cherche pas de fourchette. Mange avec tes doigts. Regarde...*

Je me coupe une tranche, puis je la déchire avec les dents en me forçant une expression ravie. C'est vrai qu'il est bon, ce putain de Dieu de jambon.

Je m'empresse de découper d'autres tranches dont je garnis mon assiette.

Du coin de l'œil, j'observe le gamin. Il hésite, s'assure que je le regarde pas et, enfin, il ose.

- *Yéé*

Radieux, il me dévisage.

Pas de doute, il aime. Il a la bouche pleine, il peine à mâcher, mais il affiche une mine réjouie.

- *Vas-y doucement, p'tit goinfre. Une tranche à la fois. Le bonheur, ça se savoure. Le bonheur, on le fait durer.*

C'est si rare...

Le quignon de pain que je lui balance le fait sursauter. Il le mord à pleines dents.

Ses yeux me narguent.

Je lui coupe une belle part de Cantal. Si avec ça, ses yeux pétillent pas...

## 13 - Le soir

Bien que ma maison elle est petite, il y a deux chambres. Mais il y a un mais, une seule chambre est habitable.

L'autre est encombrée d'une chiée de cartons que j'ai pas encore ouverts.

Mon foutoir d'avant.

Des trucs de parisien qui sont d'aucune utilité à la cambrousse.

Et puis il y a des reliquats de mes loisirs, de ceux pour lesquels je rêvais d'une autre destinée. Au point que je me suis acheté tout le nécessaire au développement d'une nouvelle activité, certain qu'elle serait lucrative. Ici, loin de tout, je voulais me faire artiste.

Connerie...

Qu'est-ce qu'il fout, le morbac ?

Il faut qu'il y aille mollo avec l'eau. D'ici peu, elle risque d'être rationnée, disponible que la nuit. Comme tous les étés. La pression a déjà pas mal baissé. Il faudra encore faire des réserves pour se laver, la bouffe et la boisson, m'enfin pour ceux qui veulent boire de l'eau.

Je referai jamais cuire des nouilles dans du pinard.

Enfin, je l'entends trotter.

Les lumières s'éteignent sur son passage.

Soudain, il déboule dans la chambre et se jette sur le lit. Il prend place à mes côtés.

Je détaille sa tenue vestimentaire.

Quelle allure on a, lui avec son pyjama bleu brodé de lapins crétins, moi avec mon caleçon noir et mon marcel presque blanc. Lui avec ses vêtements batelet couleur, moi avec ma tenue roitelet noir et blanc.

- *Les dents sont brossées ? Kiki et Kuku sont propres ?*
- *Wii*
- *Pourquoi tu restes assis ? Il faut se coucher !*

Je joins le geste à la parole et je le couche.

Aussitôt, il se remet en position assise. Je le couche, il se relève, je le couche il se relève.

Un vrai ressort ! A chaque fois je m'attends à entendre « boïng ! ».

J'éteins la lumière, mais sans plus de succès.

Je le pousse pour le coucher, il se remet assis, c'est l'effet culbuto.

L'esprit chatouillé par mes tentatives infructueuses, il finit par éclater de rire.

- *Hi, hi, hi !*

Eh oui ! Ça le fait rire.

Moi aussi, forcément. Mais on va pas se poiler comme ça toute la nuit.

Je connais le quartier, très tôt le matin, on est réveillés. Les vaches sont menées au pâturage dès l'aurore. Elles ont des cloches autour du cou, ça fait un bordel terrible.

Donc il faut dormir. Les nuits sont courtes à cette saison.

Que faisaient mes parents pour que je dorme le soir à cet âge ? Une baffe, parfois. Une engueulade, souvent.

Mon ex m'a dit que sa mère lui racontait une histoire le soir, pour l'endormir.
- *Tu veux que je te raconte une histoire ?*
- *Yéé*
Gagné : il s'allonge pour écouter l'histoire.
- *Une histoire sur les fourmis ?*


### 14 - L'histoire pour s'endormir

- *Je vais te raconter une histoire qu'elle est fichtrement vraie, parole ! Je la tiens de ma mère, qui la tient de sa mère, qui la tient de sa mère, qui elle-même la tenait de sa mère... C'est ainsi de mère en mère depuis le quinzième siècle.*
- *Wee*
- *T'as raison, de mère en fille.*
- *Wee*
- *Bon, OK, moi je suis pas une fille. Mais j'ai une excuse, ma mère n'a pas eu de fille.*
Bien qu'elle m'ait élevé comme une fille, avec des poupées en cadeau à Noël, habillé avec des jupes quand j'étais trop petit pour refuser. Heureusement, les jupes étaient écossaises.
J'en pouvais plus de porter des ballerines.
Combien de temps j'ai rêvé de baskets ?
- *Donc, il était une fois... une jeune et belle adolescente prénommée Jeanne... Ça se passait vers la fin du Moyen Âge, en 1425... Elle vivait heureuse à la campagne. Pour aider ses parents, elle était bergère et gardait des brebis... ou des chèvres. Non, les chèvres, c'est un bestiau pour les hommes. Pour les légionnaires. Elle, c'était des moutons. Ouais, c'est ça. Bref, elle s'était assoupie à l'ombre d'un tilleul. C'était l'été et il faisait sacrément chaud. Le problème, c'était qu'elle était couchée à côté d'une fourmilière. Et les fourmis, c'est toujours à farfouiller partout pour trouver à bouffer. Y en a une, plus effrontée*

*que les autres, qui a grimpé le long de ses magnifiques cheveux blonds bouclés collés de sueur. Et l'impudente, elle s'est mise à courir partout sur le visage de Jeanne, sur ses tendres joues couperosées. A un instant, cette fourmi est entrée dans une de ses narines pour sortir aussitôt par l'autre. Et Jeanne qui se réveillait pas de ce profond sommeil. La fourmi trottina sur son menton délicat en galoche. Elle s'arrêta un instant sur une paupière, probablement amusée par les mouvements incontrôlés de l'œil enivré de sommeil paradoxal. Puis elle courut jusqu'au lobe de l'oreille gauche. Ensuite, cette insolente pénétra dans le conduit auditif. Et là, qu'est-ce qu'il lui a pris, à cette fourmi ? Personne le sait. Même pas moi. On sait pas grand-chose des fourmis, alors les historiens... En tout cas, elle s'est mise à lui causer à la Jeanne. En direct avec l'hémisphère droit du cerveau, celui des émotions et de l'intuition... Tu imagines le choc ! Du coup, ça l'a fait émerger de son sommeil. Au début elle croyait encore rêver. Mais elle réalisa qu'elle entendait des voix ! Tu te rends compte ? On te cause et tu vois personne. Dans ces temps de ténèbres intellectuelles, ça n'a fait ni une, ni deux : c'était Dieu qui s'adressait à elle ! La pauvrette ! Jeanne d'Arc, la pucelle qu'on croit... Pucelle, tu sais ce que ça veut dire ? Dis ?*

A quel moment il s'est endormi ? Je sais pas.

Ça marche super-bien le coup de l'Histoire, pour s'endormir.

A mon tour de rejoindre Morphée... C'est la fourmi qui lui a fait entendre des voix, à Jeanne. Je suis le seul à le savoir... Qu'a-t-elle a dit sur le bûcher ?... Aux anglais et aux ecclésiastiques : « vous m'avez pas crue, vous m'aurez cuite » ?... A l'évêque de Beauvais : « nous serons jamais copains comme cochons ? »... Au bourreau : « je veux descendre »... je veux descendre... je veux des cendres... A...

zzz...

## 15 - Le réveil matin

Que s'est-il passé cette nuit ? Et hier ?
Le sol est dur ; je suis pas dans mon lit ?
Oh, chiottes ! C'est quoi ce bordel ? C'était donc pas un cauchemar ?
Le lit est complètement détruit.
Non, j'ai pas rêvé. On m'a bien laissé un merdeux en garde. Et il a tout niqué le pieu.
Je me souviens pas de grand-chose de cette nuit, mais le nez me fait souffrir ; j'ai du sang collé à la narine.
Il me faut une mousse pour me réveiller. Ou un coup de pinard.
Arrivé à la cuisine, l'agitation matinale de mes neurones a son petit effet sur la mémoire... je me souviens. La déception m'assaille, il n'y a plus de bière. Ni de pinard.
J'avais presque oublié le gniard.
- *Yéé*
Je me traîne à la cuisine. Il est là, dans son pyjama lapiné débile. Le nez collé à la fenêtre, il s'extasie sur le troupeau de vaches sonnantes qui défile dans la rue.
Oui, c'est bien lui, la chose monstrueuse cette nuit redevenue petit loupiot ce matin.
Qu'est-ce qu'il avait dit, l'autre taré de grand maigre ?
Que le même devient monstrueux si la colère le prend, ou s'il est stressé. Et puis les cauchemars.
J'ai gagné. Cette nuit, j'ai eu l'expérience cauchemars.
Pas bon pour le lit, çà.
Si je savais pas quoi branler aujourd'hui, je suis équipé. Il faudrait pas qu'il fasse çà toutes les nuits, j'aurais jamais assez de bois pour re-fabriquer un lit à chaque fois.
La forêt va souffrir.
Mon nez, c'est le premier cauchemar qu'il a pas apprécié, je me souviens. Ensuite, j'ai laissé le gamin tout seul sur le matelas.

Pas trop con, Jo.

Je sais pas combien de cauchemars il a pu faire, mais j'espère que ça va se calmer. Je peux pas passer mes nuits à lui caresser le dos de la main pour le calmer, comme il a dit, le notaire de mes deux.

Le petiot se retourne et me sourit. Les vaches sont passées, c'est moi le spectacle maintenant.

Je regarde méchamment les lapins débiles du pyjama... lapins stupides, idiots, cons... je sais plus, mais ça peut que donner des cauchemars, des trucs pareils. Ils auraient pas pu lui en donner un avec des Bécassine ?

Une vision d'horreur m'envahit, non, c'est pas mieux, il mérite pas çà. Albator ? non plus. Zébulon et Pollux ? Sûrement pas ! Nicolas et Pimpr... beurk !

Pensons à autre chose.

Tiens, comment son pyjama a pu résister ? Il est en matière souple ?

Alors que j'approche, la tête qui domine ce pyjama affiche un sourire de plus en plus lumineux.

Des scratchs de partout. Pas con.


## 16 - Le petit déj'

Bon, passons aux choses sérieuses.

- *Qu'est que tu avales le matin ? Je te préviens, j'ai plus de bière ni de vin. Tu prends du café ?*
- *Wee*
- *On dirait que c'est non. Du lait ?*
- *Wii*
- *J'en ai pas. Du jus de fruits ?*
- *Wii*
- *Fermenté ?*
- *Woo*
- *Dommage... J'en ai pas. J'ai de l'eau. Et tu manges quoi ? Du pain ?*

- *Wii*
- *Du beurre ?*
- *Wii*
- *De la confiot' ?*
- *Wii*
- *Des biscottes ?*
- *Wii*
- *Des trucs de jeunes, des céréales pleines de sucre ?*
- *Yéé*

Pas de pinard, pas de café. Du jus de fruit frais... n'empêche, la fermentation, ça a du bon.

Du pain, des biscottes, de la confiture, du beurre, des céréales de jeunes...

De la bouffe de jeûne ! Je suis trop drôle !

Que des trucs que j'ai pas. Ce sera pain, fromage et jambon. Et flotte.

Le truc qui va bien, c'est que c'est ce matin qu'il passe, l'épicier.


## 17 - La voisine

Trop tard ! J'ai pas le temps de lui dire de faire attention où il met les pieds. Pourtant, à l'odeur, il pouvait se douter que la rue était minée... Les vaches, ça bouse. Même dans la rue. Les chiottes, elles connaissent pas, c'est un truc d'Homme.
- *Wee*
- *Tu l'as dit ! Oui, la bouse de vache, ça colle aux baskets. 't'en fait pas, si tu marches, ça finira par migrer. Viens donc t'asseoir sur le banc, que je réfléchisse à ce que je vais faire de toi.*

La fatigue m'assaille déjà, alors que les ombres sont encore étirées par le soleil matinal. Vivement la sieste de cet aprèm'.

Et lui qui court autour du banc en se frottant la semelle sur l'herbe.

Il me fatigue.

- *Bonjour !*

C'est la voisine qui se plante soudain devant mon soleil. Qu'est-ce qu'elle veut ? Jamais elle s'était approchée de moi comme ça, pour me voir. Pour moi ?

Du calme, Jo, pas de fantasme. C'est le gone qui l'intéresse, comme le prouve la gosse cachée derrière elle. Une timide quand sa mère est là, comme toutes ces pissouses.

- *Nous avons vu que vous aviez un petit garçon avec vous. Il semble du même âge que ma fille, Laura. Elle a six ans et demi.*

C'est pas moi le centre d'intérêt. Tant mieux.

Je réponds rien, je laisse venir.

- *J'ai pensé qu'ils pourraient jouer ensemble. Je m'appelle Alice.*

Elle tend la main. Je la lui serre. C'est merveilleux. Alice...

L'idée est bonne, moi qui savais pas quoi faire du mouflet...

- *Laura, montre-toi. Dis bonjour au Monsieur.*

La mère effectue un pas vif de côté avant que sa fille puisse réagir. La gamine tremble un peu en me regardant de ses grands yeux verts.

Ses cheveux noirs sont tirés en arrière, maintenus en queue de cheval. Mon attention se porte sur sa mère.

Un clone.

Même chevelure, même regard vert profond.

- *Bonjour, Monsieur.*

Elle balbutie mais me regarde plus. Les deux gamins se toisent. Le seul mouvement qu'ils se permettent, c'est un sourire courageusement esquissé.

Alice intervient avec autorité.

- *Vous pouvez jouer ensemble, les enfants !*

Laura, comme libérée de ses entraves, se met à sautiller autour du banc, puis autour du tilleul. Mon mini-super-héros semble rivé au sol, seule sa tête pivote à la poursuite de Laura.

*- Comment qu'y s'appelle, m'sieur ?*

Merde, je l'ai pas vu arriver, celui-là. C'est Léo qui vient de surgir comme un étron de lavement, le fils d'Émile.

Qu'est-ce qu'il fout là ?

Les nouvelles vont vite dans un village comme ici. A peine un héros-minus paraît, que déjà tout le monde le sait.

*- Comment y s'appelle ?*

Qu'est-ce que j'en sais ? Personne me l'a dit. Comment je pourrais le savoir ? J'aurais pu demander, connard que je suis. Complètement blasé. Il va falloir que je pense à envisager un de ces jours de me sortir les doigts du cul pour me les foutre dans le nez, ça va me secouer les neurones...

*- Toi aussi, tu veux jouer avec lui ?*

*- Ouais...*

*- Surtout, tu me l'agaces pas, hein ? Sinon y a un gros monstre qui va te tirer les oreilles !*

'pas la peine que je demande comment il s'appelle à mon morpion qui cause que par borborygmes et par ersatz d'onomatopées.

H... junior ? Je peux pas lui dire ça, je peux pas lui parler de son père, je peux pas donner le nom du paternel de ce lardon. Hérominus ? Mini-Héros ? Mini-H ? Minh ?

Ouais, pas mal ça.

*- Dis, m'sieur, comment qu'y s'appelle ?*

*- Il s'appelle Minh.*

*- Vraiment, Minh ?*

*- Oui.*

*- C'est un Viet ?*

*- Un vietnamien, tu veux dire ?*

*- 'mon oncle qui cause comme ça...*

*- Je sais pas.*

*- Alors, il s'appelle Minh ?*

*- C'est clair.*

*- Mais il ne ressemble pas à un vietnamien.*

- 't'occupe.

Là-dessus, il fout le camp pour se joindre à Laura et le nouveau baptisé, Minh.

Pour aller faire les cons.

Et la voisine qui s'assoit à mes côtés. Sur mon banc. Elle manque pas d'air, la grognasse.

- *Je ne pense pas que Léo ait compris quand vous lui avez dit que la signification de Minh, en vietnamien, c'est clair.*

Ses yeux pétillent et elle sourit. Comment peut-elle croire ça ? C'est énorme, le hasard.

- *Vous connaissez... les fourmis ?*


## 18 - La nature fantastique de Minh

Alice et moi, on observe les fourmis depuis, quoi ? dix minutes, vingt minutes ?

Une éternité asséchée...

En silence.

Une perle, cette bonne femme.

Je tremble de tous mes membres. Ceux qui sont ossus. Je suis en manque.

J'ai pas eu mes bières du matin. Même pas un fond de litron de rouge.

Elle a de la bière chez elle ? Sinon, je vais chez l'Émile. Est-ce qu'elle viendrait avec moi ? Je lui paierai un muscadet.

La tyrannie du manque m'assaille. L'addiction à l'alcool bloque mon dégoût relationnel.

- *Auriez-vous de la bière ?*

Le mot bière est couvert par un grognement horrible, puissant. Je rentre la tête dans les épaules. Putain de vérole ! Voilà un rugissement auquel je risque de m'habituer.

- *Vous avez entendu ce hurlement ?*
- *Un hurlement ? Non...*

Dans le rôle du faux-cul, je suis bon.

- *Non. C'est l'orage. Un coup de tonnerre.*
- *C'est étrange, j'ai entendu ça aussi hier après-midi. Et cette nuit.*
- *C'est ça, c'est l'orage.*

Foutre-Dieu. Je suis bon. Un Oscar pour ma pomme.

Léo arrive en courant et passe devant nous.

- *Tout va bien, Léo ?*
- *Oui, M'dame.*

Il répond en riant. Heureux. Les cheveux hirsutes. Un sourire lui tranche tout le visage.

Le fond de son pantalon est marron. En passant, il provoque un courant d'air qui confirme ce que je pressentais. L'odeur est fugace mais précise. Il a chié dans son froc.

Il court chez lui.

Laura et Minh arrivent peu après. Les cheveux de Laura ne sont plus emprisonnés par sa queue de cheval. Ils sont dressés, ébouriffés. C'est une toison emmêlée qui l'auréole. Laura et Minh marchent d'un pas calme. Un sourire coupe en deux le visage de Laura. Minh porte une expression penaude.

Laura lui caresse la main.

Les filles m'étonneront jusqu'à ma mort. Comment a-t-elle su pour la main ?

Léo revient ventre à terre, habillé d'un short propre. Sur sa joue, cinq doigts semblent avoir été peints.

Il rigole en rejoignant ses nouveaux copains. Ils repartent tous les trois en courant, sans le moindre regard pour nous.

Alice se tourne vers moi, avec toutes les questions muettes que puisse exprimer un visage féminin.

Je fatigue.

Déjà.

- *On va chez Émile ? Je paie le muscadet.*

**Fin de la première partie**

A présent… vie quotidienne à la montagne…

## 19 - Le départ

La limousine disparaît à l'horizon, donc pas très loin.
L'horizon, vu de mon banc, c'est le coin de la rue bouché
par les bâtisses. Mais avant de disparaître, le véhicule
s'arrête à hauteur de Léo, le rejeton de l'Émile. Celui-ci
écoute d'un air sage. On lui dit quelque chose. Puis la
voiture repart. Elle n'existe plus à mon regard, mais je
l'entends encore pendant un court instant.
- *Tu viens ?*
- *Wii*
Minh marche à mon côté, lui les mains dans ses fouilles,
moi les mains dans les miennes, de fouilles. C'est pratique
comme ça, chacun les mains dans ses propres poches. Ça
limite le pétage de gueule.
Je sais que se vautrer les mains dans les poches, c'est
mauvais pour le faciès.
En con d'ado, j'ai expérimenté. Mon incisive pétée, je la
dois à ça.
Et les gravillons, ça s'incruste dans la peau. Ça fait mal
quand ça rentre, ça fait mal quand ça sort.
Allez donc draguer les filles avec une acné bitumeuse…
- *On va chez Émile ?*
C'est Léo qui vient de nous rejoindre, les mains ballantes. Il
a pas de poches, lui ?
Bien sûr qu'on va chez Mimile. Où veux-tu qu'on aille
comme ça ?
- *Émile, c'est pas son prénom, à mon vieux.*
- *Non ?*
- *C'est Vincent.*

Son bistrot, il pouvait pas l'appeler bière, ni alcool. Il aurait pas eu de clients. Pas des clients d'ici.

- *Qu'est-ce qu'il t'a dit, le grand maigre ?*
- *Il a dit qu'il faut que t'arrêtes la picole.*

*Le sale con.*

- *Ouais. Y faut que t'arrêtes la picole.*

Il peut pas me lâcher la grappe, lui aussi ?

Je te me lui prépare à ce trousse-pet une de mes répliques cinglantes qui va lui fermer son clapet de petit merdeux. Jusqu'à sa puberté. Sûr.

J'avale ma salive cul sec et je lui balance :

- 't'occupe !

## 20 - La fête foraine

Pas le poisson rouge, pas le poisson rouge, pas le poisson rouge, pas le poisson rouge, pas le poisson rouge, pas le poisson rouge, pas le poisson rouge, pas le poisson rouge, pas le poisson rouge, pas le poisson rouge, pas le poisson rouge, pas le poisson rouge, pas le poisson rouge, pas le poisson rouge, pas le poisson rouge, pas le poisson rouge, pas le poisson rouge…

Minh a le choix entre un poisson rouge, un camion de pompier rouge, ou une rose blanche.

Bien sûr, cet enculé de forain fait tout pour que Minh choisisse le poisson rouge comme lot gagnant. C'est tout bénéf' pour lui.

- *Tu veux un poisson rouge, hein, p'tit gars ?*

Le bras, la main, l'index se tendent… vers le poisson rouge.

Le salopard.

- *Lequel tu veux ? Choisis-en un beau ! Montre-moi du doigt…*
  *Non, pas moi, le poisson.*

Je tente ma chance.

- *Regarde, Minh, celui qui flotte à la surface ! Il est-y pas*
  *beau ? Prend celui-là !*

Et merde, il veut pas du poisson crevé.

## 21 - L'histoire pour s'endormir

- *Je vais te raconter une histoire qu'elle est fichtrement vraie,
  parole ! Je la tiens de mon père, qui la tient de son père, qui
  la tient de son père, qui lui-même la tenait de son père...
  C'est ainsi de père en père depuis le quinzième siècle.*
- *Wee*
- *T'as raison, de père en fils. De génération en génération...*
Fini le culbuto avant de s'endormir. Il a compris, le Minh.
- *Il était une fois un pauvre clochard. A notre époque, on dit
  un SDF. Tu sais ce que ça veut dire, SDF ?*
- *Waa*
- *Non, pas sacrifié à la déchéance française.*
- *Waa*
- *Ni source de flatulences, p'tit rigolo. Sans domicile fixe.
  Mais ça veut pas dire qu'il a une caravane pour autant.
  Notre époque a peur des mots. On ne dit plus aveugle, mais
  non voyant. Sourd, mais mal entendant. Imbécile, mais non
  raisonnant.*
- *Yéé*
- *Le clodo de mon histoire, il s'appelait Diogène et il vivait
  dans un tonneau. Sa maison, c'était même pas une cabane.
  C'était une vieille barrique de vin. Diogène a vécu trois à
  quatre siècles avant Jésus. Tu sais qui c'est, Jésus ?*
- *Wee*
- *Non, je te parle pas du jardinier de Sœur Marie-Thérèse des
  Batignolles. Je te parle de Jésus Christ. Le type scotché sur
  une croix. Bref, Diogène, c'était le fils d'un banquier qui
  faisait de la fausse monnaie. Quel naze, son père. Il aurait
  pu en faire de la vraie, dans sa banque. Diogène, c'était un
  mendiant en haillons qui vivait aux dépends de ceux qui
  l'écoutaient. Comme le corbeau de la fable de La Fontaine.
  Tu connais l'histoire du corbeau et du renard ?*
- *Woo*

- *Une fable, pas une histoire vraie. 't'imagines un corbeau et un renard qui se battent pour un vieux claquos ? Connerie... Diogène, je te dis, il aurait été bourré du matin au soir s'il avait pu. Une fois, il était tellement bourré qu'il est resté des heures à tendre la main à une statue en attendant l'aumône ! Dessoûlé, il raconta qu'il s'était ainsi habitué au refus. Foutaises ! Puis, il a été vendu comme esclave. Ça s'est passé à Corinthe. Tu sais où c'est Corinthe ?*
- *Woo*
- *Non, rien à voir avec le raisin. Le type qui l'a acheté lui a rendu sa liberté. Il pouvait rien en faire, d'un esclave pareil. Pour pas passer pour un gland, il a dit qu'il l'a libéré de sa condition d'esclave parce qu'il avait vu en Diogène une grande indépendance d'esprit. Un louf, quoi. Après ça, on a dit que Diogène était un philosophe et qu'il avait choisi sa condition de clochard. Tu parles de boniments bancals. Alexandre le Grand, tu connais ?*
- *Woo*
- *Il avait conquis la Grèce et l'Asie. C'était le roi de Macédoine. Tu connais la Macédoine ?*
- *Yéé*
- *Non, pas cette macédoine-là. Y a pas que la bouffe dans la vie.*

Il faut que j'arrête de poser des questions, sinon, y s'endormira jamais.

Quel con je fais.

Y faut que je mette son esprit en sommeil, pas en éveil.

- *La Macédoine, c'est un pays. Et le roi de ce pays a demandé à Diogène de dire ce qu'il voulait et il le lui donnerait. C'était un roi très puissant et très riche. Et tu sais ce qu'il a dit, cette pauvre pomme de Diogène ? Ôte-toi de mon soleil, tu me fais de l'ombre ! Le naze ! Il se fichait de tout. Il avait pas peur de ce qui pourrait lui arriver. Et il a eu raison, car il est mort à 86 ballets. De la rage parce qu'il a voulu piquer un os à un clebs. L'abruti.*

129

A c't'époque, Pasteur, il était pas né.


## 22 - La balançoire

Laura sort en courant de chez elle, suivie de Minh. Ils foncent retrouver Léo, sûr.

Ces trois p'tits saligots s'entendent pour les conneries.

Alice ferme la porte, les regarde s'éloigner et se dirige vers moi. Elle a un sourire que je sais pas s'il est de politesse ou s'il vient du cœur.

- *Ils sont partis jouer à la balançoire.*

Je dis rien. Ma thèse sur les fourmis va prendre du retard.

- *C'est gentil de laisser Minh prendre son petit déjeuner le matin avec Laura.*

- *C'est lui qui vous dit merci. Je n'ai que du pain. J'attends le passage de l'épicier.*

J'ai passé commande pour les repas du gamin mais, l'épicier, il passe que dans deux jours.

- *Il adore le chocolat chaud et les Popomiels.*

Pipomiel. Merde de connerie, il faut que je pense à autre chose. Popomiels, Popomiels, Popomiels... Vite, une bière. Elles sont à rafraîchir dans l'abreuvoir.

Merde. Alice vient de s'asseoir. Entre moi et les bières.

- *On dit que c'est dangereux de dormir à l'ombre d'un tilleul.*

- *Ce « on » dit beaucoup de bêtises.*

- *C'est vrai que ce pronom est trop indéfini. Il est utilisé pour dire n'importe quoi. Lorsque les arguments sont inexistants. Pour une absence de concret. De preuves.*

Conneries.

- *C'est l'ombre d'un noyer qu'il faut éviter. C'est des foutaises, pour le tilleul. J'ai des mois de siestes comme preuve.*

Alice ouvre la bouche et un rugissement retentit.

J'étouffe un rire. Elle, elle rigole pas. Les gonzesses, ça n'aime pas être interrompues.

Même si elles ont rien à dire.

*- Jo, vous avez entendu ce hurlement ?*

*- Un hurlement ? Non...*

Il commence à me plaire, ce rôle de faux-cul.

*- Non. C'est l'orage. Un coup de tonnerre.*

Jo l'acteur. Star du rôle de composition. Jo le cabotin, oui.

*- Encore l'orage ? Mais il n'y a pas de nuages...*

Alice a les yeux qui embrassent le ciel bleu. Moi, j'ai le regard crispé au-dessus de la maison d'Alice.

Je suis sûr que c'est Léo que je viens d'apercevoir.

Putain de chierie ! Il repasse au-dessus du toit, et Laura aussi. Comme s'ils jouaient sur un trampoline géant, ils apparaissent et ils disparaissent.

Jouer à la balançoire. Catapulte, oui.

Saloperies de marmaille. Ils vont dérouiller quand je vais leur mettre la main dessus.

Vérole, je peux pas...

'faut pas énerver Minh.

*- Alice !*

*- Oui ?*

Juste à temps. 'faut pas qu'elle regarde par là.

Elle doit pas voir sa fille passer à dix mètres au-dessus du sol.

Je jette un caillou sur la fourmilière.

*- Regardez les fourmis, elles sont toutes agacées. C'est l'orage. Un orage sec.*

Elle me regarde en se tordant les lèvres.

*- Je vous ai vu lancer une pierre.*

Pas dupe. Mais elle sourit.


### 23 - Canette alu

Salut la frime.

*- Regardez, les gosses.*

Je leur montre la canette de bière vide de son contenu.

Son contenu, il est passé en moins de trois secondes d'un contenant à l'autre, de la canette à mon bide.

C'est pas là le tour de force. Non, p'tits cons.

Je passe sous leurs yeux interrogateurs la canette alu pour bien montrer qu'elle est vide. Je la fais cliqueter sous la pression de mes doigts pour montrer combien elle est fragile.

D'une emphase gestuelle exagérée, je la place au milieu de la chaussée et je pose dessus le pied gauche, sans appuyer. Et là, les mains sur les hanches, je savoure leurs regards.

- *Vous pensez que si j'appuie, je vais l'écraser, non ?*

*Yep ! Je laisse planer le suspense.*

- *Eh bien non. Regardez !*

D'une tension du mollet droit, je me porte en équilibre sur la canette.

Je bats des bras pour tenir l'équilibre. 'culé ! C'était plus facile quand j'étais ado.

L'équilibre établi, je peux continuer avec fierté.

- *Maintenant, regardez-bien comment on comprime une boîte ! Je vais donner juste un petit coup du bout des doigts sur les côtés et la canette sera tout aplatie !*

Je fais durer mon plaisir.

Ils sont toute attention.

Avec une lenteur maladroite, je m'accroupis et je mets mes bras en arc, mains tendues, pour que le bout des doigts soit à quelques centimètres de la canette.

- *Attention... Top !*

D'un geste sec, je frappe le cylindre avec mes doigts.

Clac-Schlompf.

Bordel de merde ! Ça fait un mal de chien !

J'ai les doigts coincés ! J'ai les doigts coincés ! J'ai les doigts coincés ! J'ai les doigts coincés !

J'me vautre ! J'me vautre ! J'me vautre !

Merde devant !

Merde ! Merde ! Merde !

La bouse n'est pas fraîche, elle a croûté comme un macaron.

Comme un macaron, c'est tendre en dessous.

Et ça chlingue. Pas un macaron…

La vache ! J'étais plus rapide à vingt ans ! J'étais moins lourd à cet âge ?

'tain ! J'ai les doigts écrasés.

Je me relève, une main en sang, les doigts de l'autre encore cuirassés par la canette.

J'ai une gueule d'étable. Pas besoin de le voir, ça se sent des trucs comme ça.

J'ai le cœur qui bat, je le sais sur le bout des doigts.

Et Léo, le p'tit merdeux qui crie « Une autre, une autre ! Encore ! ».

## 24 - Les super-pouvoirs

Si je suis l'élu, c'est parce que j'ai des super-pouvoirs.

Par exemple, je peux traverser les murs.

Tiens, il me suffit de me lancer contre ce mur et je me retrouve dehors. Tout simple.

Pareil pour rentrer.

J'ai le pouvoir d'avoir une maison sans porte. Fini les casses-couilles, y peuvent plus entrer.

Allez, j'y vais….

Un, deux trois, go !

En trois pas d'élan, je franchis le mur…

…

Chierie ! Qu'est-ce que je fous allongé par terre ?

J'ai un putain de Dieu de mal de tête.

Mon nez pisse le sang. Va encore falloir que je redresse cette saloperie le cartilage.

Bon dieu que ça fait mal !

Enculés de super-pouvoirs…

J'ai pas celui de traverser les murs. En tout cas pas les moellons.

'nempêche, c'est quoi alors, mes super-pouvoirs ?

J'en aurais qu'un, de super-pouvoir, c'est ça ?

Mais lequel ?

### 25 - Le suicide

Il l'a appelé Milbull, son poisson rouge. Bull, comme taureau qu'il m'a dit.

Il se fout de moi.

Je lui ai acheté un bocal pour que sa poiscaille puisse tourner en rond. Et des daphnies séchées qui chlinguent. Le marchand, il m'a dit que la bouffe de poisson, c'est normal que ça pue.

Elle doit pas être fameuse pour le transit de Milbull, sa bouffe. Il traîne sa merde au cul comme je traîne ma mélancolie.

En tout cas, il n'aura pas vécu longtemps dans son bocal, le bestiau. C'était un dépressif, sûr.

Il a pas fallu trois jours avant qu'il saute hors du bocal. Suicidé.

Une saloperie en moins à s'occuper.

Je me demande s'il était mort avant que je lui marche dessus ?

'n'empêche, je me suis bien pété la gueule.

### 26 - Le bide

Tiens, voilà Léo.

- *Il est où, Minh ?*

- *Il fait caca.*

Quand je vois Minh rentrer dans la maison avec une BD dans la main, c'est pas pour la fraîcheur de la maison.

C'est pour aller chier.
- *Puisque t'es debout, donne-moi une bière !*
Léo plonge le bras dans l'abreuvoir et sort une canette dégoulinante.
Il s'assoit puis il pose la bière entre nous deux.
Et nous voilà assis tous les deux sur mon banc, les bras croisés.
J'aime pas quand il me regarde comme ça, avec son expression ambiguë entre moquerie et interrogation.
- *C'est donc ça à quoi ça sert, ton bide ! C'est pour poser tes bras ?*
Le sale morveux. Pourquoi pas poser la canette de bière ?
La répartie va être cinglante.
Ça va faire mal.
Accroche-toi aux lattes du banc, p'tit bouseux.
Ça va castagner verbal.
C'est qu'un gosse, mais tant pis, il l'a cherché.
C'est la distribution. Je me lâche, mais sans haine.
- *T'occupe !*


## 27 - Scène ordinaire du petit matin

Tiens ! Voilà Laura.
Elle s'assoit à côté de moi, sur mon banc.
- *Minh n'a pas fini son nougat.*
Du nougat au p'tit déj'. Il est pas possible.
Et puis je lui demande rien à la gamine. J'en ai quoi à foutre de ce que fait Minh, tant que ça me pose pas de problèmes.
Je fais semblant d'apprécier l'info. Du tact, Jo, toujours du tact avec les mouflets.
A propos de mouflets, c'est Léo qui se pointe en courant.
Comme d'hab. Y sait pas prendre son temps, lui ?
- *Salut Laura ! B'jour, m'sieur Jo ! Il est où, Minh ?*
- *Il arrive.*

Il a son sourire niais habituel, mais les cheveux bizarres.
Tout raides, avec des reflets verts
- *C'est quoi ce look ? Qu'est-ce que t'as fait à tes cheveux ?*
Laura me regarde en se fendant la pêche. Elle se moque de
moi ? Elle est vexante... Elle a quoi d'ahurissant, ma
question ?
- *C'est son nouveau gel, morve du matin !*


## 28 - Le baisé d'Alice[3]

Ça fait des plombes qu'on discute sur mon banc favori.
Je m'enivre de bières et de bons mots.
Alice boit de l'eau et mes paroles.
C'est le moment d'être audacieux, mon brave Jo !
Elle me présente son profil.
J'approche de son visage, la bouche en cœur.
Go ! Je l'embrasse !
Chierie ! A la place de ses lèvres, ou de sa joue, c'est sa
queue de cheval que je me prends en pleine face.
Ptt ! Bouffer des cheveux...
Pourquoi a-t-elle tourné la tête à ce moment ?
En voulant lui rouler une pelle, je me prends un râteau.
'n'empêche, j'aurais bien biné sa p'tite pelouse, à Alice.


## 29 - Les gendarmes

Notre premier tour en scooter. Il faut un casque pour Minh.
Arrivé à Pierremou, première rue à droite et j'arrive chez le
motoriste. Pour acheter un casque.
Putain de vérole ! Deux gendarmes ont garé leurs motos
devant la boutique et une estafette bleue stationne en face.
Ils sont cinq.
Ils m'ont vu.

---

3 *Jo n'a pas obtenu de baiser, donc c'est lui le baisé.*

Je vais me prendre une contrav'en fion.

Quel blaireau, puisque je suis plein de pognon, qu'est-ce que ça peut foutre ?

Main au képi.

- *Bonjour, monsieur. Vous savez que le port du casque est obligatoire.*
- *Ben oui. C'est pour ça que je suis là. Pour acheter un casque.*
- *Vos papiers. Et les papiers du véhicule.*

Je lui donne.

Il les regarde. Un autre m'interroge.

- *C'est votre fils ?*
- *Non.*

Qu'est-ce que je dis ? Je pouvais pas dire oui ? Quelle truffe !

Je me rattrape comme je peux.

- *C'est mon neveu.*
- *Vous avez ses papiers ?*

Je ne m'attendais pas à celle-là. Et j'ai pas pris le téléphone que m'a filé le grand maigre. Bordel aux moines.

- *Non.*
- *Je vais faire un contrôle...*

Le flic avec mes papiers part vers l'estafette en prenant Minh par la main.

Minh, il aime pas ça.

Ça se voit.

Je le connais.

Minh stressé, c'est pas bon.

Les gendarmes font le tour de mon scoot'.

Ils scrutent le moindre détail. Tout ce qui peut rapporter à l'État est bon à me prendre.

Le flic, après un bref instant, revient vers nous en laissant Minh dans l'estafette.

- *Dites-moi, vous n'avez plus de permis.*
- *J'en ai pas besoin pour le scoot.*

- *C'est exact. Mais toute infraction au code de la route risque de prolonger le retrait de permis.*
- *Puisque je vous dis que je venais acheter un casque. Je pouvais pas laisser le petit seul.*

Il me regarde avec des yeux d'instit'. Puis il jette un œil complice à ses collègues.

- *Bon, ça va pour cette fois.*

Il me rend mes papiers.

- *Je peux récupérer mon neveu ?*
- *Quand vous aurez acheté le casque. Pas avant.*

Je crains.

J'hésite.

Je pousse la porte du magasin.

Le fracas qui s'en suit n'a rien à voir avec la porte, ni avec le magasin.

C'est une estafette éventrée que je vois. Et un monstre qui, d'un bond, saute par-dessus les toits.

Il disparaît.

Moi aussi.


## 30 - La nuit

La nuit, une maison, c'est plein de dangers.

Une bouteille de bière vide, c'est mortel quand on marche dessus.

J'aurais dû allumer.

Mais non. Ma maison, je la connais par cœur.

Même bourré.

Le sol se dérobe sous mes pieds, je m'envole et je m'écrase comme une merde de vache.

Sur le parquet.

Sur le dos.

Ça fait « crac ».

Une vive douleur au milieu de la colonne vertébrale.

Je me suis pété une vertèbre ? Je suis paraplégique ?
Tétraplégique ? Hémiplégique ? Cortexplégique, oui.
Je bouge une main, un bras, puis l'autre.
La douleur est intense, mais les bras, ça va.
Je bouge un pied, puis l'autre.
Je plie les jambes.
La douleur est intense, mais les guibolles, ça va.
Pas encore pour cette fois, le fauteuil roulant.
Ça mérite bien une petite bière.
Je saisis mon décapsuleur. Si j'étais moins con, j'aurais un
collier de détresse et non un décapsuleur en collier.
Surtout que, pour une canette alu, c'est pas utile.
Bon, ben il faut que je me lève. Les bières sont trop loin
pour que je les attrape couché. Et pour la bière mortuaire,
c'est pas encore pour cette fois !
Que je suis drôle.
Pété de rire.
Assis sur le cul, j'ai moins mal au dos.
En me tournant pour me lever, ma main bouscule un objet
métallique.
Une canette aplatie dégueulant de mousse…


## 31 - *Les vieux*

Laura et Minh attendent en silence avec chacun une
cuillère dans la main, prêts à assaillir un bol de chocolat-
céréales.
J'entre alors que Léo me passe entre les jambes pour
s'asseoir avec eux.
- *Où est ta mère ?*
- *Elle prépare le petit déjeuner.*
Léo se saisit de toutes sortes d'aliments à sa portée, joue
avec et les repose.
Ça m'agace.

- *Arrête de tripoter la nourriture, Léo. Attends qu'Alice apporte le reste du p'tit déj'.*

Il se calme. Dans son regard, je reconnais celui d'Émile, son père. Les parents sont les caricatures de leurs enfants. Pas l'inverse.

- *Tu fais comme les vieux. Les vieux, ils tripotent la nourriture qu'ils te proposent. Les gâteaux secs, les trucs à apéro, les chocolats... Tout ça, ils le voient du bout des doigts.*

Léo, ça l'inspire. Il en rajoute.

- *Gâteaux secs tous mous par l'humidité. Moisis. A l'intérieur aussi, bonjour le goût !*

Il éclate de rire.

Je ne suis pas en reste.

- *Les vieilles, ça tripote la nourriture, les petits objets, les têtes des enfants... tout ce qui leur tombe au bout des doigts.*
- *Woo*
- *C'est la cataracte... Comme elles voient plus, elles compensent avec les yeux des doigts. Mais c'est pas nickel, les vieilles.*
- *Wee*
- *Les vieux, eux, ils ne touchent à rien, ni la nourriture, ni la vaisselle. Ils font pas à manger, pas le ménage, ils font rien à part tripoter leur kiki. Les vieux, ils savent rien faire, à part leur travail d'antan et ils pensent qu'ils en ont assez fait. Pour la maison, ils ne savent pas, ils ont jamais rien fait à la maison.*
- *Waa*

Moi, je sais comment je serai si j'arrive vieux un jour. Et je pense que je serai comme les vieilles de maintenant, à tripoter tout. Ma génération, et les suivantes, ils savent. Génération de merde, je suis né 50 ans trop tard.

## 32 - Le petit

- *Tom !*

Je rentre la tête dans les épaules.

Quand les copains m'appellent Tom, c'est que je vais avoir droit à une vanne sur ma petite taille. A cause de Tom Pouce. C'est pas parce qu'on picole ensemble chez Émile qu'ils faut qu'ils me vannent, les bouseux. Toutes leurs blagues d'ivrognes sur les petits, j'y ai eu droit : t'as pas de chance, t'es le dernier à savoir s'il pleut ; quand tu marches dans l'herbe, ça te chatouille sous les bras ; le volant de la voiture te fait de l'ombre ; avec un taux de fécondité de deux virgule sept, t'as eu pas de bol d'être le cadet car tes deux frères sont entiers, eux…

- *Attention à la flaque d'eau en sortant, je ne suis pas sûr que tu aies pied !*

Bon, OK, Émile, celle-là, on me l'avait pas encore faite.

Bien sûr, les lardons l'ont entendu, l'Émile. Et Léo les connaît toutes.

Dehors, il demande des précisions en se marrant.

- *C'est vrai que quand tu cours dans les champs, l'herbe te chatouille sous les bras ?*

Et la revoilà, la blague à deux balles.

Ado, j'aimais bien courir nu dans l'herbe.

Ça me chatouillait les couilles.

Et ça me faisait bander.

- *T'avais pas peur des orties ?*

Pas le problème, les orties.

Ça se voit de loin.

Ça pousse en groupe, sur la caillasse ou dans les fossés.

Pas dans un plein champ d'herbe. Les orties, ça n'aime pas être tondues régulièrement.

Non, le danger, c'est le chardon isolé.

C'est sournois, le chardon.

Bon, y faut que je lui cloue le bec, au Léo.

Jo, sors-nous ta meilleure répartie.

...

- *Les enfants... J'vous paie une glace ?*


## 33 - Superman

Je commence les hostilités.
- *Spiderman, Superman, Darkman, Wolfman...*
- *Waa*
Drunkman ? J'ai bien entendu ? Je m'arrête, stupéfait. Je me tourne vers Minh.
- *Tu as dit quelque chose ?*
- *Wee*
J'ai des hallus. J'entends des voix.
Il n'y a que des super héros américains. Pas un seul super héros africain, européen, asiatique... pourquoi ?
Je poursuis ma litanie.
- *Drakeman. Ottoman.*
Il a pas vu que je l'ai bluffé. Il répond plus, j'ai gagné.
Non.
- *Waa*
- *Picolman ? Cette fois je t'ai bien entendu !*
- *Waa*
- *Wonderwoman ? Non, ça compte pas. C'est pas des super héros, les filles.*


## 34 - La parturiente

- *Non, je suis pas enceinte, Léo !*
Je suis gros, mais ça ne signifie pas que je suis parturiente.
Mon ventre est la partie visible du bide de ma vie.
La bière et le rien-foutre, ça aide pour éloigner le nombril de la colonne vertébrale.
Ado, j'arrivais à voir mon pénis et mes couilles.

Mais ça n'a pas duré.

Il y a encore un an, je voyais toujours ma bitte, merde !

D'accord, uniquement quand je bandais.

Maintenant je la vois plus, même si je me penche.

Ce n'est pas un problème de souplesse, il me faut un miroir.

- *Il te faut un « péniscope » pour voir ta virilité ?*

Il est pas con, le môme Léo.

Il aurait même de l'humour, le salaud !

Bon, y va y avoir droit à se faire moucher.

- *t'occupe !*


### 35 - *Pipomiel*

Je montre à Minh et Léo ma passion pour les fourmis.

Pour les attirer, je mâchouille du pain pour l'imprégner de ma bonne salive au goût typique de houblon.

Mon passe-temps de glandeur.

Minh me regarde de ses yeux malicieux mais avec un sourire affligé.

Je sais pas comment il arrive à faire ça.

- *Yee...*

- *Mais faites attention, les mômes. Ne jamais roupiller allongé près d'une fourmilière.*

Un flash s'impose à mon esprit.

Un souvenir d'adolescence.

Qui aujourd'hui me fait rire.

- *Surtout après la pipe au miel d'Annie !*

C'est au tour de Léo de me fixer du regard.

Mais dans ses yeux, c'est un énorme point d'interrogation que je vois.

Par bonheur, sa mâchoire est bien accrochée, sinon elle roulait par terre.

- *Pipomiel?*

- *Tu comprendras plus tard, dans une dizaine d'années. Là, je me sens pas de t'expliquer.*

Annie nous faisait les meilleures.

Ses copains lui ont conseillé d'ouvrir un commerce, de ses friandises. Elle a ouvert une boutique à Carcassonne.

Ça marchait pas.

Les clients, y revenaient pas.

Un copain, Serge, lui a dit d'essayer Honolulu. Elle a ouvert sur Honolulu.

Elle s'est spécialisée dans les friandises à l'anis.

Ça s'appelle les Sucreries à l'anis d'Annie.

Ça marche du feu de Dieu et elle dit qu'il y a de meilleures vies là-bas.

- *Aussi, y faut pas roupiller près d'un nid de guêpes !*

Léo est pris de tremblements.

Ça sent le vécu.

Il faut dédramatiser. Je connais la solution.

- *Viens, on va s'en jeter une… Donne-moi une mousse.*

Léo me regarde avec des yeux miséreux, Minh aussi.

- *Il y a aussi de la limonade au frais pour vous, les arpètes.*

Avec un cri de joie, Léo plonge les bras dans l'abreuvoir pour en sortir deux limonades et une bière sous le regard émerveillé de Minh.


### 36 - *Le vieux*

Tiens, voilà le vieux.

Il vient encore me philosopher, cette tête de cul pelé qui clopine sur sa canne.

Il s'assoit sur mon banc, à me toucher, et il me regarde pas.

- *C'est quoi ton nom ?*

Il répond pas.

Il répond jamais aux questions.

Il cause.

C'est tout.

Et se fout de ce que disent les autres.

- *La vache mange de l'herbe.*

Et voilà. Il monologue, comme d'hab.

- *Le pis donne du lait...*

Et pis c'est tout.

- *Pi, c'est rapport.*

Pourquoi il vient me dire ça ?

- *Pi, c'est la circonférence de la boîte de camembert sur son diamètre.*

Il se lève, et il s'en va.

Il m'a même pas regardé, cette circonférence d'anus.


## 37 - Super-pouvoir

Ah, ils me croient pas !

Ma bande de couillons de potes de bistrots.

- *Je vous dis que j'ai un super-pouvoir, parfaitement !*

Ils rigolent tous. Ils m'énervent, ces glandus de bâtards.

Même l'Émile, il se tient plus les côtes.

- *Donne-moi un demi, plutôt que de te marrer.*

- *Je crois que t'en as eu assez !*

- *Tu me crois pas, toi non plus ? Toi, m*on pote ? Je suis pas bourré. J'ai un super-pouvoir, sûr.

Ils veulent une preuve ? Très bien, je leur donne à ces pompes à nœuds.

...

Xavier...

Xavier, il est en fauteuil depuis son opération de la hanche qu'a foiré.

- *Xavier, mon pote... Tu le crois que j'ai un super-pouvoir ? Dis ?*

Xavier, il a morflé à l'hosto. Ça se voit sur lui, même pour un gonze qui le connaît pas.

Xavier, il fait oui de la tête. Chez lui, les neurones de la parole sont déconnectés à partir de trois grammes.

Il sourit.

Il a confiance en moi, j'ai le super-pouvoir.

*- Xavier, regarde-moi bien. Je te fais l'imposition des mains.*
Je m'approche de lui, les bras tendus.
Je me concentre ; les yeux me sortent de la tête. Je suis prêt.
*- Xavier, lève-toi et marche !*
Xavier, il s'est bien pété la gueule.
Sur moi.
Même pas mal, Xavier.
Putain de chierie de bordel de table qui m'a niqué l'épaule !
Ce n'est pas celui-là, mon super-pouvoir.
Je peux le rayer de la liste.


### 38 - Salbeth

*- Woo*
Minh regarde un relief de traces de crocs sur mon mollet droit.
*- Ça ? C'est Salbeth, le chien de ma femme. De mon ex.*
*- Woo*
*- Oui, j'ai été marié. Ça te regarde pas.*
*- Yoo*
*- Pas tant que moi.*
Je regarde mon mollet. Putain de mémoire qui fait souffrir !
*- Ma femme l'aimait, ce clebs. Mais c'était moi qui devais le*
  *sortir pour le faire crotter dans le caniveau. A Paris, ce*
  *n'est que des saletés et détritus sur le trottoir, parfois dans*
  *le caniveau. Et pas que des crottes de chien.*
*- Wee*
*- Heureusement, il bouffait des croquettes. Les croquettes, ça*
  *fait des crottes bien moulées, peu odorantes. C'est plus*
  *pratique pour les ramasser avec un sac plastique.*
*- Waa*
*- Non, je trouve pas. A part l'hiver, car on les ramasse toutes*
  *chaudes. C'est agréable en hiver, ça réchauffe les mains.*
Et puis il avait moins mauvaise haleine après s'être torché
le cul avec sa langue.

- Il m'agaçait à me renifler tout le temps, de partout. Je lui flanqué un grand coup de lattes. Il m'a mordu, l'abruti. Ça, c'est la trace de ses dents sur mon mollet.

C'est ça, les chiens de race. Que des putains de sacs à merde qui pensent qu'à te niaquer de partout où ça fait mal.

J'ai du bol que l'empreinte de ses canines n'est pas restée sur mes couilles.


## 39 - L'avion

- T'as déjà pris l'avion, Minh ?
- Wii
- Moi aussi. Une fois, l'année dernière.

Pendant que Minh trempe son pain dans le chocolat chaud du matin, je raconte.

- T'as passé le portique, à l'aéroport ?
- Wii
- C'est pour voir si tu as le bon gabarit pour entrer dans l'avion. Si tu passes pas dans le gabarit, tu rentres pas dans l'avion.
- Wee
- Si, je te dis. Trop grand ou trop large, tu passes pas et tu rentres chez toi. Pas d'avion.

Minh écarte les bras pour les tendre à l'horizontale.

- Ça, c'est si le portique il sonne. Ça fait bip et ils testent tes bras pour voir si tu peux voler.

Ils sont cons, on n'a pas d'ailes...


## 40 - La guerre des super héros

- Batman. Ironman. X-man.

Là, je sens que Minh, il est sec. J'ai gagné.

- Waa

- *Musulman ? C'est n'importe quoi !*
Je peux pas laisser passer :
- *On avait dit « pas les religions ».*
- *Waa*
- *Castoraman ? On avait dit « pas de pub ».*
- *Waa*
- *Manitou ? On avait dit « qui se termine par man ».*
- *Waa*
- *Ildeman et 24hduman ? On avait dit... Non, c'est pas correct !*
- *Waa*
- *Matchoman ? Tu fais caguer, Littleman !*

## 41 - *Le chevrier*

Bon, aujourd'hui, observation de fourmis.
Tiens, voilà les trois mômes. C'est étrange, ils ne courent pas comme d'hab.
C'est pas un jeu.
Ça ressemble foutrement à une fuite.
Ils s'engouffrent dans l'appentis.
Peu après, c'est le Marcel qui arrive en courant.
Il a de grandes jambes, mais il va moins vite.
C'est la facture de l'âge.
Ou une ancienne fracture ?
Il a le visage rouge cramoisi.
Colère ou pinard ?
- *T'as vu les gamins ? Je les ai surpris dans l'enclos de mes chèvres, les sales gosses.*
Je réponds pas. A peine si je lui jette un œil.
Un pas de plus et il écrase mes fourmis.
*Quel trou du cul.*
- *Trois gamins... Je les suivais. Ils sont passés où ?*
Il me fait vibrer une branche de coudrier sous le nez.
Une menace. Pour les mômes ?

- *Dis, tu vas répondre, oui ? Tu les as vus, c'est obligé !*
La branche s'élève. La menace est pour moi.
- *Ils sont en face, dans l'appentis.*
Je suis pas couard, mais je supporte pas la douleur.
Surtout quand elle est inutile, sans gloire.
Mais je suis pas salaud, je préviens l'atrophié du cortex.
- *A ta place, j'irais pas.*
- *T'es pas à ma place, connard !*
J'insiste pas. Tant pis pour lui.
Je lui lance un bref coup d'œil de mépris.
Il s'engouffre dans l'appentis, la verge menaçante au-dessus de sa tête.
Je rentre la tête dans les épaules. J'ai beau m'y attendre, mais quand l'abominable rugissement s'élève, je sursaute.
Alice jaillit de chez elle comme un diable de sa boîte.
Elle accourt.
- *Jo, vous avez entendu ce hurlement ?*
- *Un hurlement ? Non...*
Toujours impec' dans le rôle du faux-cul.
- *Non. C'est l'orage. Un coup de tonnerre.*
Alice a les yeux qui embrassent le ciel bleu. Moi, j'ai le regard amusé sur l'appentis d'où jaillit Marcel.
Il court vers moi.
Il a le visage vert pâle, ce ras du bulbe.
Peur ou chlorophylle ?
Alice stoppe devant le nid de fourmi. Merci.
Le chevrier n'a pas cette charmante attention.
Le choc imminent entre Alice et Marcel est évitable.
Le fermier se rétame devant Alice, sur mon nid de fourmi.
Cette pompe à nœud se relève et me jette un œil hagard avant de s'enfuir pour de bon.
Passe le vieux. Je l'ai pas vu arriver, cette tête d'œuf vérolé.
Sans regarder personne, il lance sa petite phrase et continue son chemin.

- Le proverbe le dit avec raison, il faut ménager la chèvre et le bouc.

...

De quoi y cause ?

Du bouc de l'enclos ou du Marcel ?

Bouc et mystère...

'n'empêche, le chevrier, il s'est bien pété la gueule.


### 42 - L'histoire pour s'endormir

- Je vais te raconter une histoire qu'elle est fichtrement vraie, parole ! Je la tiens incarnée par mon oncle, qui la tient de son oncle, qui la tient de son oncle, qui lui-même la tenait de son oncle... C'est ainsi d'oncle en oncle depuis le début du dix-neuvième siècle.
- Wee
- T'as raison, d'oncle en neveu. De génération en génération, je te dis...
- Wii
- C'est une histoire avec Napoléon Bonaparte.
- Wee
- Attends ! Là, c'est une anecdote que personne connaît. En fait je vais te raconter une histoire arrivée à un Grognard d'Auxon.
- Wii
- Napoléon était un grand homme... ma taille, quoi.
  Napoléon savait manier les hommes avec de la pacotille et des attentions qui coûtent rien. Il distribuait des merdailles à tout va.
- Woo
- ...des médailles. Il avait repéré un hussard assez hardi, sans vouloir me faire mousser, toujours de bonne humeur.
  Napoléon appréciait les hommes qui bataillaient avec vigueur. C'est avec lui qu'il a inauguré le tirage d'oreille. Un soir italien, après une bataille difficile mais glorieuse,

*Napoléon est allé vers Nicolas-Étienne. Il s'appelait Nicolas-Étienne, ce hussard. Il s'est approché de lui, il l'a regardé droit dans les yeux et il lui a pincé l'oreille.*

- *Woo*
- *Non, non. C'est une grande marque d'affection. On pourrait dire paternelle. Napo était content de son courage, de sa façon de se battre. Il le félicitait ainsi. C'est un honneur pour un subordonné d'être touché physiquement par le supérieur, en plus de la médaille.*
- *Wee*
- *Moi non plus, mais il y en a beaucoup qui adorent... Bref, le grand Napo, il a pris comme coutume de tirer affectueusement l'oreille des hommes qui se sont bien battus.*
- *Yéé*
- *Mais cette manie s'est arrêtée pendant la campagne de Russie. Et ça, c'est écrit nulle part. Dans aucun livre d'Histoire.*
- *Woo*
- *Je vais te dire. Car c'est toute une lignée d'oncles qui m'a permis de le savoir. Je te donne le secret... Napoléon, après bien des guerres, il avait promu Nicolas-Étienne Grognard de sa vieille garde, pour le récompenser. Et pour l'avoir près de lui. Pendant la guerre en Russie, ce n'était que froid et privations de nourriture. Heureusement, il y restait l'essentiel, du vin et de l'eau-de-vie. Le problème, c'est que ça réchauffe que l'esprit, l'alcool, pas le corps. Tu peux me croire. Donc, pendant la campagne de Russie, il fait très froid, les hommes ont très froid. Et, tu sais, les choses sont plus cassantes quand elles sont gelées.*
- *Wee*
- *Si, je te dis. Cassantes, fragiles. Et là, alors que les hommes ont les oreilles gelées, le Napo il tire l'oreille de Nicolas-Étienne pour le féliciter, comme d'hab. Ben non, pas comme d'hab. Son oreille, elle était tellement gelée qu'elle a cassé !*

*- Wee*

*- Comme du verre de cristal. Si. Elle lui est restée dans la main. Cassée, l'oreille. Et je peux te dire que c'est de là que vient l'expression « casser les oreilles », car le napo, en plus, il causait beaucoup pendant la révision de la troupe.*

*- Wee*

*- Si.*

*- Wee*

*- Si, c'est vrai.*

*- Waa*

*- Non, rien à voir avec Vincent Van Gogh.*

*- Waa*

*- Non, rien à voir avec Tintin.*


### 43 - Le retour du grand maigre

Mmmh ?

Excusez-moi, les fourmis, je me suis assoupi.

C'est un léger bourdonnement non animal qui me réveille.

Je connais cette mécanique.

La limousine noire est de retour.

Le grand maigre est de retour.

Maître Aumany.

C'est beau la mémoire, mémoire des sons et mémoire des noms.

Mémoire des cons aussi.

La voiture aux vitres teintées s'arrête devant la maison d'Alice.

Ma voisine, vêtue splendide sort de la voiture, suivie de Laura, vêtue gamine.

La voiture poursuit de quelques mètres son chemin pour stopper devant ma maison.

Pas d'écrabouillage de fourmis, cette fois.

La portière s'ouvre vers moi et c'est Minh que je vois descendre.

Bordel aux moines, ils sont combien, là-dedans ?

Minh court vers moi, avec à la main une mallette qui déborde d'Euros. Quelques-uns s'extirpent, virevoltent et tombent au sol.

Normal.

Mon regard s'accroche à Minh qui s'assoit à ma droite.

La limousine parisienne part dans un feulement de moteur thermique.

*- Encore un mois avec moi ?*

*- Wii*

*- Pas un mot pour moi ?*

*- Wee*

Son regard apitoyé me tue.

*- 'faut que j'arrête la picole ? C'est ça, hein, qu'il t'a dit ?*

## Lexique approximatif

Woo : quoi ?
Woo : pourquoi ?
Yoo : désolé
Wii : oui
Yéé : bon
Yéé : d'accord
Wee : non
Wee : je ne sais pas
Waa : rigolo

## Les personnages

Avec, par ordre d'apparition dans le récit :
Joseph Hardi, surnommé Tom pouce ou Artichaut
(Hardi Jo)
Maître Aumany (métromanie, manie de faire des vers.)
Minh (clarté)
Alice (la merveille)
Laura, fille d'Alice
Léo, le fils de Vincent, dit Émile
Vincent (Émile, dit Mimile)
Le forain
Milbull, le poisson rouge
Le vieux
Xavier
Marcel (le chevrier)

## Les questions que le lecteur peut se poser

Qu'y a-t-il dans les cartons que Jo ?

Pourquoi Jo n'a-t-il plus son permis de conduire ?

Pourquoi Minh fait-il des cauchemars ?

Pourquoi Jo a-t-il été choisi pour garder Minh ?

Quelle est la raison du divorce de Jo ?

Quel est le nom de Minh ?

Quel est le don de Jo ?

Pourquoi Alice était-elle dans la voiture du notaire ?

Qui est ce vieil allumé ?

*Et bien d'autres questions.*

Les réponses, l'auteur pourrait les donner s'il y a une suite à cet ouvrage. Présentent-elles toutes un intérêt ?

Cependant, les lecteurs attentifs auront déduit la réponse à certaines questions et, du coup, ils ne se les seront pas posées.

**Les illustrations auxquelles vous auriez pu échapper si elles n'avaient pas été ici**

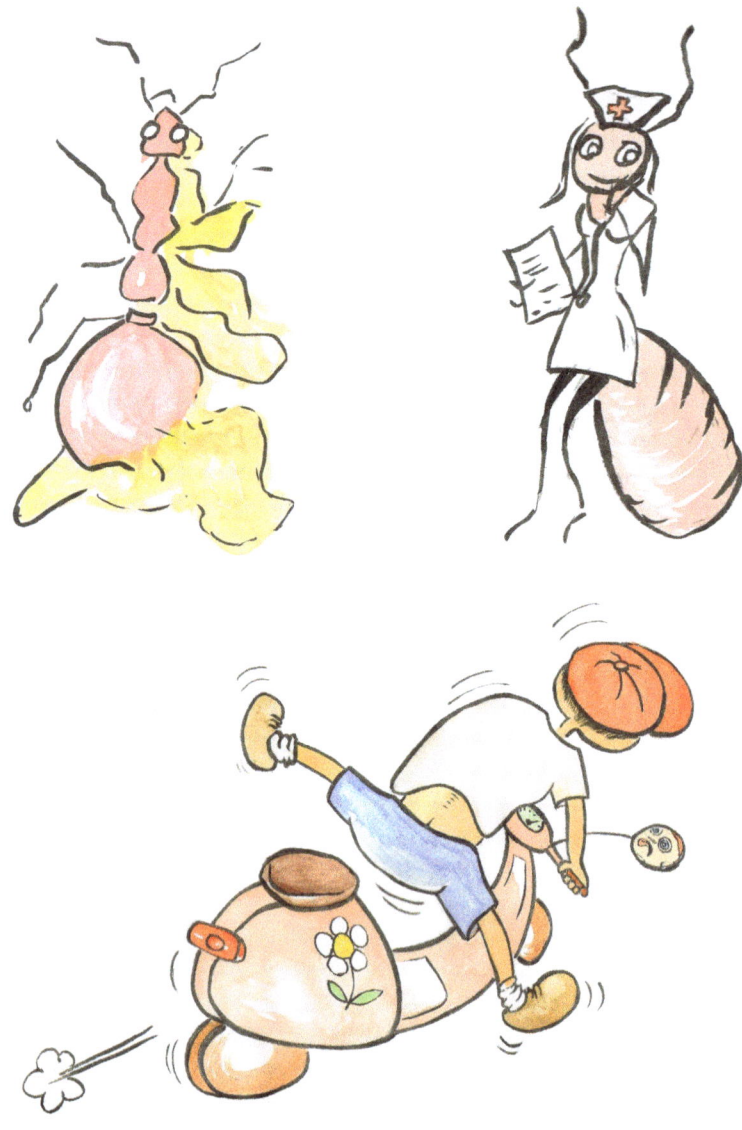

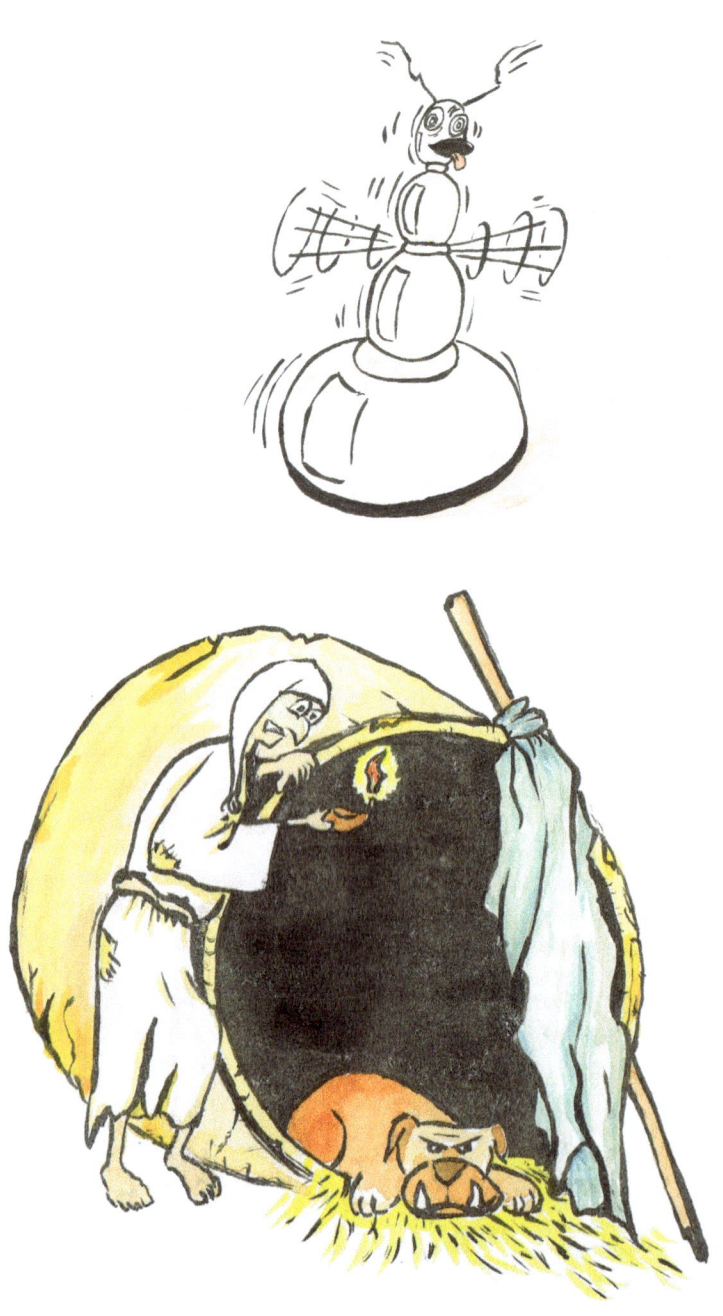

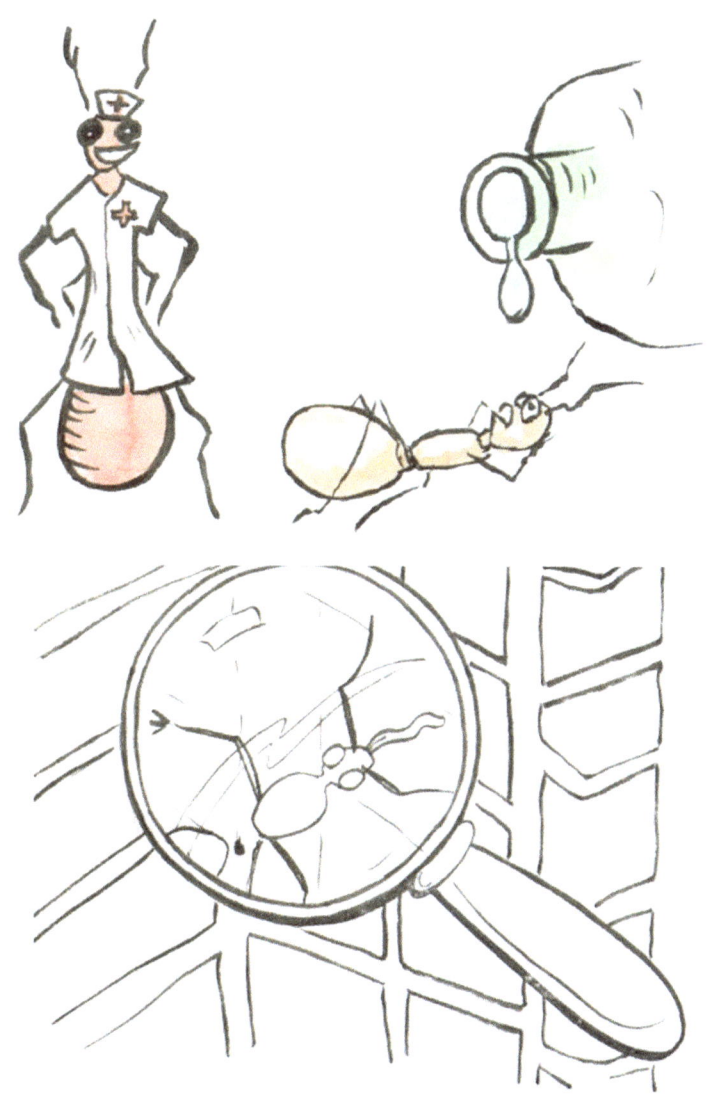

# Nouvelles et romans : ma pratique de création

L'idée originale m'apparaît toujours au cours de la nuit, afin d'occuper mes insomnies par l'imagination d'une histoire. Je développe ici deux exemples de création d'une histoire, l'une au statut de nouvelle, un récit court d'anticipation, l'autre qui mène au développement d'un roman plus étoffé.

Les étapes de ces histoires s'établissent selon cet ordre :
A- Le contexte
B- La problématique
C- Les personnages
D- La fin du récit
E- L'introduction
F- Le développement du récit

Je ne suis pas toujours cette chronologie pour les histoires que je rédige. Parfois, c'est la fin qui s'impose à moi en premier, parfois la problématique dans son contexte, ou les deux simultanément. Jamais l'un des autres items. Il peut paraître étrange de commencer par rédiger la fin d'une histoire au début de sa création. Cependant, ce procédé comporte de nombreux avantages :
- ne pas perdre de vue le sens du récit ;
- savoir en permanence dans quelle direction la rédaction du récit doit aller ;
- éviter les égarements dans le récit qui pourraient en compromettre l'efficacité ;
- être certain de conclure l'histoire ;
- éviter l'enchaînement de tomes interminables qui finiront pas épuiser le lecteur et le laisseront sur sa faim (!).

# Premier exemple : « Permis de procréer »

## A- Le contexte

Mon présent sujet concerne la surpopulation qui met en danger la survie sur Terre. En contradiction, la fertilité humaine s'appauvrit et constitue un frein à la croissance de la population humaine. Un bon sujet pour un récit d'anticipation. Le contexte se situe donc dans un avenir proche, quelques dizaines d'années, un monde où la procréation est assistée systématiquement et où la surpopulation constitue un problème pour l'humanité.

*Avant toute écriture, une recherche documentaire peut s'avérer nécessaire. Elle se fait sur Internet, dans les bibliothèques, en achetant divers ouvrages en fonction des besoins (revues, articles, livres, etc.). Des voyages peuvent s'avérer nécessaires pour la description d'un site, d'un lieu, tout comme la rencontre de personnes aux profils pertinents de par leur métier ou leur expérience.*

*Après analyse de la documentation collectée, j'ai effectué une courte synthèse dont les éléments pourront être exploités lors de mon récit :*

*1) Surpopulation*
*La population mondiale croît de façon exponentielle. Si cette croissance se poursuit, la Terre sera peuplée de 10 milliards d'habitants en 2030.*
*La baisse de fertilité constitue en partie une solution pour atténuer la croissance de la population humaine.*

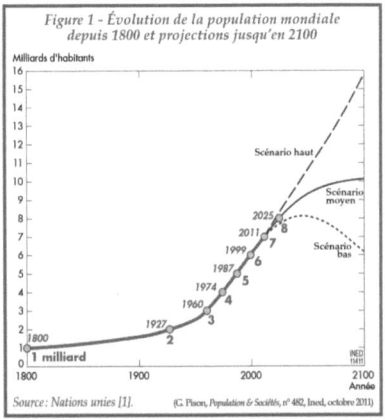

Figure 1 - Évolution de la population mondiale depuis 1800 et projections jusqu'en 2100

*Source : Nations unies [1].* (G. Pison, *Population & Sociétés*, n° 482, Ined, octobre 2011)

## 2) Fertilité

*Le monde scientifique constate une dégradation significative de la qualité du sperme.*

*La production de spermatozoïdes a diminué de 60 % entre 1973 et 2011 (moins de 40 ans) en Europe, aux États-Unis et en Australie.*

*Le nombre total de spermatozoïdes mobiles décroît continuellement.*

*La race humaine est sur une tendance qui la conduit vers l'incapacité à se reproduire.*

*L'infertilité est consécutive à plusieurs facteurs :*

- *une perturbation dans le développement intra-utérin du fœtus mâle due au stress et à l'obésité,*
- *le nombre de perturbateurs endocriniens dus à l'ingestion de nombreux composés chimiques qui affectent l'équilibre hormonal y compris, et surtout, les œstrogènes et la testostérone. Leurs effets néfastes augmentent de génération en génération à cause de l'hérédité épigénétique. Ses mécanismes ne modifient pas notre patrimoine génétique mais jouent un rôle fondamental dans le développement de l'embryon, en modifiant la façon dont nos gènes s'expriment. Ce mécanisme est héréditaire.*

*Comme la situation empire d'année en année, nous allons vers une possible extinction de l'espèce humaine. Pour y remédier, de nouvelles technologies permettraient d'utiliser des cellules souches pour produire des spermatozoïdes. Plus besoin des hommes, donc, pour assurer le processus de reproduction.*

## B- La problématique

La problématique est déjà évoquée dans le contexte. Elle se complète pour mon récit par la volonté d'un couple d'avoir un enfant, dans un monde où la procréation nécessite d'obtenir une autorisation. Les lois qui régissent la procréation sont strictes, certains n'hésitent pas à les qualifier d'inhumaines. Une police spéciale est chargée de veiller au respect des lois, sous l'autorité d'un organisme mondial, nommé le « Planning Familial ».

C'est à ce moment, après avoir défini la problématique, que je donne un titre provisoire au récit (le titre définitif est arrêté en fin d'écriture). Pour cette nouvelle, je choisis comme titre « Permis de procréer », qui résume l'idée de l'histoire.

Le contexte et la problématique donnent des arguments sur mon intention à l'écriture d'un récit. Il peut s'agir d'un simple divertissement, ou de la volonté de faire passer un message. Pour cette histoire, il s'agit de présenter à partir d'une fiction les risques que l'évolution actuelle fait encourir pour l'avenir de l'humanité.

## C- Les personnages

Les protagonistes principaux de ce récit sont au nombre de trois :

- un homme (John) et une femme (Sandra), un couple de trentenaires souhaitant avoir un enfant ;
- une femme (Nicole), sexagénaire, mère de Sandra.

Comme les caractères des personnages justifient leurs comportements, il est nécessaire de bien les définir. De plus, cela permet que leurs actes restent cohérents dans leurs attitudes vis-à-vis des événements. Quant aux traits physiques, j'évite de les préciser dans mes récits pour éviter les stéréotypes constatés trop souvent dans les romans (et les films). Libre au lecteur de se faire une image de chacun des personnages.

*John a conservé le caractère capricieux de son enfance. Nerveux et autoritaire, il ne supporte pas les refus au point de pouvoir se révéler cruel. Pour assouvir le désir d'avoir un enfant, John est prêt à tout, même au meurtre.*

*L'émotivité de Sandra l'empêche de s'affirmer. Introvertie, elle est sous domination de son mari. Elle ne parvient jamais à s'opposer aux autres, oser la contradiction. Elle est fortement tourmentée quand elle doit prendre des décisions importantes, avec toujours des regrets pour ses actes, bons ou mauvais.*

*Nicole est une battante. Elle a pris sa vie en main sans faiblir suite au décès de son mari. Celui-ci est mort assassiné par un terroriste sur son lieu de travail dans l'année qui a suivi l'accouchement de Sandra, leur unique enfant. Toute petite, Nicole a connu l'évolution du Planning Familial. A vingt ans, elle a milité contre la création de sa police spécifique et de ses dérives abominables. Après quelques années, elle a quitté le groupe de militants lorsque celui-ci a pris des directions extrémistes et commis des attentas violents.*

## D- La fin du récit

Le récit se termine par la résolution des problématiques développées. Il peut se conclure par une fin morale ou amorale, au choix. Ma réponse est ambiguë, issue du contexte.

*John, le personnage haïssable du récit, est jugé pour avoir commandité le meurtre de Nicole. Il est condamné à mort, puis exécuté.*

*Sandra demande la permission d'enfanter. La loi ne lui permet pas d'être fécondée in vitro au bénéfice du décès de sa mère, puisqu'il s'agit d'une mort violente. Cependant l'exécution de son mari ne correspond à aucun des trois cas d'exception définis par la loi : mort accidentelle, suicide, meurtre. Le juge du Planning Familial se saisit de la demande. Après examen du cas, il refuse l'exception. L'affaire est ensuite portée en dernière instance de justice, contre le Planning Familial. La décision finale, sans appel possible, pourrait faire jurisprudence.*

*Sandra sort du tribunal sous les ovations : elle a vaincu le Planning Familial. Lors d'une interview, quelques jours plus tard, elle surprend tout le monde en affirmant qu'elle ne donnera pas le jour à un enfant. Elle refuse de mettre au monde un enfant contraint de grandir dans un environnement aussi délétère sans perspectives d'avenir satisfaisantes.*

### E- L'introduction

L'introduction n'est pas obligatoire. Cependant, elle me permet ici de poser le contexte du déroulement de l'histoire et les problématiques qui ont amené à ce contexte particulier.

Ce préambule établit l'historique des évolutions survenues depuis les années 2020 jusqu'à la date du récit dans ces deux domaines : surpopulation humaine et infertilité masculine. Avec, en paroxysme, les Lois sur le Planning Familial.

### *Planning Familial*

*LOI n° 2021-1317 du 11 juillet 2051 relative au Planning Familial (extraits)*

*... compte-tenu de l'infertilité masculine irréversible, avérée en l'an 2044...*

*... afin d'arrêter la croissance de la population mondiale, la procréation est encadrée par un organisme international, nommé le Planning Familial, créé le 12 avril 2051 (cf arrêté...*

*Article L160-8*

*Les femmes de moins de quarante ans peuvent bénéficier d'une procréation assistée, après avis d'un consortium médical tel que défini par la présente Loi.*

*...*

*Article L168-6*

*Le droit à la procréation est autorisé aux conditions suivantes :*

*1° Le couple demandeur vit maritalement depuis cinq années révolues.*

*...*

*4° Le décès d'un ascendant ou d'un descendant du couple ouvre le droit à la procréation sous un délai d'un an (trois cent soixante cinq jours).*

*3° Le décès du parent du demandeur n'est pas pris en compte aux motifs suivants :*

*- mort accidentelle ;*

*- suicide ;*

*- meurtre.*

*Les autres cas sont examinés par le juge du Planning Familial, après enquête.*

*...*

*Article L170-2*

*...*

*3° Le juge référent du planning Familial établit les droits à la procréation après examen des pièces apportées suite au décès du parent du demandeur. Au-delà de la date définie lors du jugement, l'insémination ne peut être exécutée. Les cas de grossesses interrompues n'engagent pas de modification de la date définie lors du jugement.*

*4° Le sexe de l'enfant est laissé à l'appréciation du demandeur lorsque le parent décédé est du sexe féminin. Si le parent décédé est du sexe masculin, le service d'insémination procède à l'implantation d'un ovule fécondé pour un sexe masculin.*

*...*

*9° Pendant la grossesse puis l'accouchement, aucune assistance médicale particulière ne pourra être prescrite, à l'exception d'actes visant à mettre hors danger la vie de la mère. Cette assistance n'est pas soumise au préalable au juge du Planning Familial si le risque est imminent. Toutefois, les pièces relatives aux actes médicaux seront délivrées au juge du Planning Familial sous un délai de trois jours.*

*...*

*Article L172-1*
*1° Le Planning Familial dispose de ses propres forces de police auxquelles il diligente les enquêtes dans son domaine de compétences. L'investigation est menée avec toutes les ressources nécessaires disponibles.*

*...*

*22° Les peines encourues...*

*...*

**F- Le développement du récit**

Le pays où se déroule l'histoire n'a pas d'importance. Le chapitres suivants ne sont que de vagues ébauches, en particulier pour fournir quelques traits de caractère des personnages dès leur apparition dans le récit. Ceux-ci sont à approfondir lors de l'avancement de l'histoire.

***Chapitre 1** – Un enfant à tout prix*
John serrait si fort son verre de whisky que ses doigts blanchissaient. Le regard noir perdu dans son breuvage concourrait aussi à retenir sa rage. Pour se calmer, il inspira et expira profondément plusieurs fois les yeux fermés, puis ses mains se décrispèrent. Il devait convaincre Sandra, sa femme. Il était conscient que la violence serait contre-productive. Enfin apaisé, il parvint à revenir sur la conversation :
*- Je veux un enfant. Toi aussi tu veux un enfant.*
Ce sujet était abordé dans le couple très souvent depuis des mois, toujours de façon conflictuelle. Sandra, les lèvres crispées, le regarda droit dans les yeux sans répondre. Il reprit :

*- Tu veux un enfant, alors pourquoi refuses-tu la seule
solution ?*
Sandra répondit d'un cri :
*- Pas comme ça ! Pas ma mère !*
John s'attendait au retour de cet argument. Le sien était
toujours le même :
*- Elle reste notre seule parente.*
*Sandra s'enfonça dans son fauteuil les bras croisés, à la
limite des pleurs. Elle hoqueta :*
*- Je refuse.*
*John soupira en secouant la tête. Avec calme, il dit :*
*- Tu connais d'autres choix ? Depuis des dizaines d'années, la
population mondiale a été stabilisée à moins de dix
milliards d'individus.*
*Sandra se redressa d'un bond. Elle éructa :*
*- En oubliant l'humanité de la conception !*
*John se leva pour faire quelques pas dans le salon, tout en
continuant :*
*- La stérilité masculine est irréversible, depuis les années
2040. L'insémination artificielle est l'unique remède.*
*Sandra suivait de la tête les allers et venues de son mari.*
*- Je refuse qu'on tue ma mère ! Tu as décidé que tu voulais un
garçon, or ma mère est une femme !*
*John stoppa devant elle, puis plissa les yeux en ajoutant :*
*- Tu connais bien les dérogations pour favoriser l'enfant
mâle dans le cadre du remplacement, une façon de réduire
le nombre d'êtres d'humains, non ?*
*Sandra se leva de son fauteuil et fit deux pas vers lui. D'un air
de défi, elle lui répondit :*
*- Et comment t'y prendras-tu ? Seules les morts naturelles
sont prises en compte. Pas les morts violentes. Souviens-toi
de la loi. Elle établit que seule la procréation peut succéder
à une mort naturelle. Donc, exclusion des suicides, des
accidents... et des assassinats !*
*John fit une moue forcée, les yeux emplis de malice.*

*- Je trouverai un moyen. Tu veux un enfant ? Oui ou non ?*
*Sandra recula pour se caler de nouveau dans son fauteuil, les*
*mains croisées. Sa réponse était doucereuse.*
*- Oui, bien sûr ; depuis que nous sommes mariés ; les cinq ans*
  *sont révolus ; ce n'est pas la question.*
*- Quoi, alors ? En cas d'insémination hors contrôle, notre*
  *enfant sera euthanasié. Tu en es consciente ?*
*Baissant les yeux, Sandra pâlit à cette idée. Un frisson la*
*parcourut quand elle acquiesça :*
*- Oui.*
*John décida de se rasseoir, lui aussi. D'une voix calme, il*
*poursuivit :*
*- On ne peut pas attendre la fin de vie naturelle de ta mère.*
  *Tu ne serais plus en capacité d'amener favorablement un*
  *fœtus à terme. Le planning familial interdit la fécondation*
  *in vitro aux plus de quarante ans... et toute assistance*
  *médicale aux femmes enceintes. Toujours cette saloperie de*
  *limitation des naissances !*
*Une larme coula sur sa joue quand elle soupira :*
*- Une vie remplace l'autre...*
*John sourit. Enfin, elle semblait accepter sa proposition. Il*
*s'approcha pour lui prendre la main en guise de réconfort.*
*Accroupi, il chuchota à son oreille :*
*- Nous sommes deux, notre enfant sera le lien indéfectible de*
  *notre couple, sa raison d'être. Je vais accomplir ce qui doit*
  *être accompli. Je ne t'en parlerai plus, jamais plus. Tu ne*
  *dois pas savoir ce que je fais pour nous, pour notre futur.*

**Chapitre 2** - *Une mère pour un enfant*
*Nicole hurla des mots incompréhensibles. Submergée*
*d'effroi, elle se comprima le crâne des mains pour tenter*
*d'extirper la douleur qui s'emparait d'elle. Un bref instant,*
*elle sentait un courant de folie parcourir tout son être. D'un*
*geste rageur, elle tourna le dos à sa fille Sandra, puis*
*s'efforça à rétablir un peu de calme dans son esprit. Elle*

*venait de subir un séisme monstrueux. Peu à peu, le rythme de sa respiration revint presque à la normale. Elle laissa passer des dizaines de secondes à cogiter, puis se retourna pour planter un regard noir dans les yeux de Sandra. L'angoisse comprimait la gorge de Nicole. Ces mots furent expulsés d'une voix gutturale :*

*- Jamais je ne t'aurais crue capable d'une telle abomination.*

*Sandra était bouleversée. Elle savait avant d'entrer que son annonce serait terrible. A présent, elle se taisait, elle ne ne savait plus quoi dire. Nicole poursuivit, d'une voix à présent rocailleuse, avec un ton agressif :*

*- Toi, ma fille ! Tu souhaites ma mort pour que tu puisses avoir un enfant ?*

*Sandra, muette baissa les yeux pendant que sa mère poursuivait :*

*- Un petit que je ne verrai jamais...*

*Après ces paroles exprimées à voix basse, Nicole haussa le ton :*

*- Tu veux me priver de dizaines d'années de vie pour que toi et ton salaud de mari ayez un fils !*

*Sandra eut un sursaut à peine perceptible pour expirer ce simple mot dans un souffle :*

*- Maman...*

*- Tu veux m'assassiner, dis-le clairement. Ose le mot.*

*Nicole exécuta quelques pas pour s'approcher de sa fille. Elle tremblait lorsqu'elle reprit la parole :*

*- Ma fille... ma propre fille...*

*Elle ajouta, comme si elle lui crachait au visage :*

*- Lève les yeux, regarde-moi !*

*Sandra se cambra en relevant la tête, mais demeurait les paupières closes. Nicole lui serrait le bras et la secouait en l'interrogeant :*

*- Quand allez-vous me tuer ? Comment ? Vais-je souffrir ? Non, je ne pourrais pas souffrir plus qu'aujourd'hui, plus*

qu'à cet instant présent. Comprends-tu l'atrocité de ce que tu dis ?

Devant l'inertie de sa fille, elle la relâcha. Ses lèvres tremblaient quand elle lui demanda :

- Qu'est-ce que j'ai fait… ou n'ai pas fait pour toi ? Pour que tu grandisses sans cœur ?

Nicole faisait les cent pas dans la pièce, les bras croisés, parlant toute seule :

- Je ne vous laisserai pas faire, je vais prévenir le Planning Familial. Je vous ferai arrêter.

Sandra sortit de sa torpeur en poussant un cri :

- Non !

- Quoi ? je n'en ai pas le temps ? C'est ça ? John est devant la porte ? Je vais mourir dans les minutes qui viennent ? Espèces de salauds ! Vous avez programmé ma mort !

Sandra secouait la tête sans répondre. La voix de Corine monta dans les aigus quand elle poursuivit :

- Pourquoi m'avoir prévenue ? Pour le plaisir sadique de me voir souffrir ?

Elle asséna une gifle monumentale à sa fille. Sandra se frotta la joue nerveusement. En larmes, elle essaya de se justifier :

- Quoi ? Le problème ? Il te reste… quoi, une trentaine d'années d'espérance de vie ? mais avec seulement 10 à 15 ans en bonne santé, ensuite, tu seras misérable. Et nous n'aurons jamais d'enfant. L'héritage que tu nous laisses, c'est l'extinction de notre famille. Jamais je ne serai mère.

Sur ces derniers mots, Sandra essuya d'un revers ses larmes, fit volte-face puis sortit en courant.

### Chapitre 3 – Le plan de John
John élabore plusieurs possibilités pour tuer Nicole, afin que cela passe pour une mort naturelle.

### Chapitre 4 – la réaction de Nicole
Nicole se rend à l'antenne de police du Planning Familial. Elle est écoutée, mais aucune action n'est entreprise car elle

*ne dispose pas de la moindre preuve. De plus, la police ne peut pas agir sans un fait. Elle lui assure qu'une enquête approfondie sera diligentée si elle meurt, après une sérieuse autopsie. Toutefois, elle doit financer par avance l'enquête. Nicole ne donne pas suite en considérant que, si elle meure, peu lui importe ce qu'il adviendra de sa fille et de son démon de gendre.*

### Chapitre 5 – *John élabore son plan*
*John parvient à faire modifier le dossier médical de Nicole pour qu'il signale un défaut cardiaque important. Il découvre un moyen de pression sur le médecin légiste qui pourrait être chargé d'une éventuelle autopsie.*

### Chapitre 6 – *le plan de Nicole*
*Nicole reprend contact avec un de ses anciens compagnons extrémistes opposés au Planning Familial. Celui-ci lui apprend que le groupe est toujours actif, bien qu'une grande partie de ses membres ait été remplacée.*

### Chapitre... etc.

Si le récit prend la forme d'une nouvelle, le nombre de chapitres est restreint. Le déroulement de l'action montre le plan échafaudé par John, les contacts qu'il prend, les personnes soudoyées ou qu'il fait chanter pour arriver à ses desseins. En parallèle Nicole obtient l'aide de ses anciens complices. Avec comme suspens : qui parviendra le premier à ses fins ? John ? Nicole ? Les deux simultanément ? Que fait Sandra pendant ce temps ? Est-elle consciente des drames qui se jouent ? Comment réagit-elle ?

## Second exemple : « Décadence »

### A- Le contexte

De multiples crises économiques se succèdent pour frapper l'occident. De plus, les lois sont discréditées bien qu'acceptées à l'origine parce qu'elles apportaient la paix. Cependant, orientées exclusivement vers le libre échange et la mondialisation, elles sont contestées et combattues car elles ne visent plus qu'à drainer le maximum de ressources pour des dirigeants toujours plus avides sans fournir de réelles contreparties aux populations.
De la même façon que les sociétés disparues (récemment les empires coloniaux, plus loin l'empire Romain), ou des systèmes d'avancées économiques (empire industriel), les démocraties participent dans une certaine mesure à leur propre effondrement, bien qu'elles en percevaient les signes sans pour autant toujours chercher à y remédier. L'absentéisme aux élections constitue un bel exemple de l'aveuglement des dirigeants des nations démocrates.

### B- La problématique

Dans ce contexte, je crée un roman d'anticipation vers un futur proche dont les personnages évoluent au sein de démocraties au paroxysme de leur décadence.
Corrompus dès l'enfance, les adolescents dégénèrent en des crétins idéalistes aux goûts et aux idées dépravées. Comme il ne sont plus capables d'aimer leurs prochains, les adultes qu'ils deviennent se réfugient dans des causes qu'ils exacerbent à un niveau démesuré, tout en s'isolant socialement. Les minorités imposent par la force leurs exigences à la majorité. L'influence de la pensée politiquement correcte, des groupuscules idéologiques (cancel culture, wokisme, féminisme, végan, cause animale, etc.) et des érudits ivres de liberté totale participent à la chute des démocraties et à leur décadence.

La chute de l'Occident démocratique, assiégé par les empires communistes pourra-t-elle être conjurée ?

## C- Les personnages

Émile Durkheim, le personnage central, a une sœur aînée et un frère cadet, ses parents ont la cinquantaine passée. Comme tous les protagonistes du récit, il possède des qualités et des défauts que ses traits de caractère vont exacerber au cours de son évolution, en passant par des phases de soumission et de fanatisme.

L'humanité de chacun des personnages dicte leurs conduites (avec comme objectif pour l'auteur de générer des émotions chez le lecteur).

## D- La fin du récit

Après des dizaines d'années pendant lesquelles il alterne charismatique et violence, Émile parvient à mettre fin à la décadence des nations démocratiques en les restructurant tout en imposant sa vision d'avenir pour l'humanité. Il est alors âgé de soixante-quinze ans.

## E- L'introduction

L'introduction décrit le monde d'un futur proche, aux environ de l'année 2050, dans lequel les empires financiers occidentaux ne profitent qu'à une infime partie de la population. L'empire de la finance, en imposant la mondialisation à marche forcée, induit une perte de sens au profit de règles formelles qui oublient la réalité vécue par les populations.

Après avoir connu des dizaines d'années de paix et de prospérité, les nations démocratiques sont en proie à une profonde crise économique et sociale, alors que les empires communistes ont fait leur révolution suite à leur effondrement. Sous une nouvelle définition sociétale, ces derniers ont retrouvé leur puissance perdue. D'un autre côté, les nations basées sur la démocratie n'en finissent pas de s'abîmer dans la décadence et la violence. Elles ont placé l'individu sur un piédestal en créant des égoïstes aveugles à leurs contemporains. Certains rejettent toute croyance, d'autres refusent toute contrainte sociale. Les adultes ne parviennent plus à s'extraire de leurs rêves d'enfant ou de leurs idéologies d'adolescents. La diabolisation du passé fait rejeter toute valeur de ce qu'est un être humain au point d'en oublier les origines animales de l'homme. La décadence culmine alors que les dérèglements climatiques et les aspirations diverses des populations aggravent les guerres de clans et les guerres civiles.

### F- Le développement du récit

Les relations sociales d'Émile sont essentiellement virtuelles. Il ne pratique aucun sport collectif et passe son temps dans son studio attenant à la maison familiale.

Il est âgé de dix-sept ans lorsqu'il rencontre Pascal, un professeur de philosophie d'une quarantaine d'années banni de l'université pour avoir tenu des propos subversifs. Il travaille pour lui pendant les périodes de vacances scolaires. Les discussions qu'ils ont ensemble amènent Émile à modifier radicalement sa vision de la société dans laquelle il vit, et à inventer à l'âge de seulement vingt ans une conception de société originale basée sur la nature humaine qu'il défend lors de sa thèse de fin de doctorat. Ses parents s'opposent aux évolutions de la personnalité de leur fils, en particulier ils sont terrifiés par ses relations avec les autres en contradiction avec les convenances sociales. Ils lui imposent de suivre une thérapie de reconversion psychosociologique dans un centre de déconstruction des genres. Ce site fermé et isolé accueille principalement des hommes dans le but d'anéantir les comportements virilistes par un processus d'introspection et de remise en question face aux stéréotypes.

Le récit montre le parcours compliqué de l'émancipation d'Émile pour se libérer de son environnement familial et social, puis sa révolte contre le type de société qu'il subit.

Émile prend part activement aux débats politiques. Il est soutenu discrètement par une société d'érudits dans laquelle œuvre Pascal, son mentor. Il grimpe les échelles du pouvoir en pleine conscience des cadavres sur lesquels il bâtit progressivement sa puissance.

En parallèle de son ascension politique, il établit toutes les règles de sa vision sociétale, construite à partir de trois principales actions pour sortir de la décadence, des guerres internes, et redonner le pouvoir aux populations. Il impose par la conviction et par la force ses idées. Le retour à aux fondamentaux de l'être humain-animal, dont la sélection naturelle, constitue un socle de la refondation. il prodigue une instruction pour tous adaptée aux aspirations et aux capacités cognitives individuelles. Ainsi, les gens sont formés dans tous les domaines, retrouvent leur essence humaine et aspirent à rebâtir un monde nouveau sur les ruines de l'ancien. Une seconde étape sert à procurer de la cohésion à son projet de société grâce au retour voulu du monde de la finance, en plaçant celle-ci au cœur d'une économie qui lie les bénéfices financiers et l'emploi, en imposant lourdement toute entreprise dont les gains ne sont pas en accord avec la valeur travail. L'empire qu'il bâtit, très différent sur la forme par rapport aux autres empires du monde nouveau, l'est finalement peu sur le fond car l'essence intrinsèque de l'humanité est la même, quelle que soit la région du globe habitée par l'homme.[4]

---

4 *Des bases à développer et à compléter par d'autres approches philosophiques.*

# Conclusion

Vous avez lu ma façon de poser un récit. Je ne prétends pas qu'il s'agisse d'une recette à suivre, je partage simplement mon expérience.

Vous pouvez lire des ouvrages sur la création littéraire ou suivre des formations menées par des auteurs qui vous expliquent comment écrire un roman. Ils livrent des recettes, comme en cuisine. Je n'hésite pas à affirmer que les mets préparés aboutissent à des goûts standardisés et fades. Peu d'auteurs s'éloignent de la recette qui a fait leur premier succès. Il ne faut pas le leur reprocher, puisqu'ils répondent à l'exigence d'une partie de leur lectorat. Au point que certains publient sous un autre nom des romans très éloignés de la recette initiale, pour se faire plaisir ou toucher un autre lectorat.

Enfin, un extrait d'un texte de Boris Vian :

*Quel est le propos de tout auteur de roman ?*
*Distraire le public ? peut-être.*
*Intéresser le public ?*
*Gagner de l'argent ?*
*Peut-être aussi, mais pour cela, il n'y a qu'un moyen : intéresser le public.*
*Devenir célèbre ? Rester immortel ? Se faire un nom ? Toujours le même problème, que l'on intéresse les gens maintenant ou dans cent ans, il faut intéresser des gens...*
*Entrer à l'Académie ? Porter l'habit vert ? Non... Ça, ça n'a pas grand rapport avec la littérature ; j'excepte M. Émile Henriot, parce que je l'aime bien.*

*Disons-le franchement. On écrit pour soi, naturellement ; mais on écrit surtout pour réaliser un asservissement temporaire du lecteur, auquel celui-ci se prête toujours dès l'instant qu'il ouvre le livre, et qu'il appartient à l'auteur de mener à sa fin par le moyen de son art.*

*Évidemment, les moyens varient. C'est ce qui fait que l'on distingue communément la bonne littérature de la mauvaise...*

*Et puis les lecteurs varient aussi... C'est ce qui fait qu'il y a beaucoup plus de mauvaise littérature que de bonne.*

*Cet asservissement du lecteur n'a rien d'une dictature : l'opposition est libre. Le rôle de l'écrivain est bien ingrat, d'ailleurs : car le lecteur peut à tout instant fermer le livre et le flanquer dans la poubelle, ce que l'écrivain ne peut pas lui rendre avec usure.*

Note : je ne crains pas l'angoisse de la page blanche, j'ai trop d'idées aux tréfonds de mon crâne pour bloquer sur une page. Ainsi, l'ébauche des récits ci-dessus et de l'annexe 2 devrait en restera là car j'ai d'autres projets qui ont capté mon attention. Si quelqu'un désire prendre à son compte une des d'histoires ébauchées ici pour en assurer toute la rédaction, je lui apporterai mon aide avec plaisir, s'il le souhaite.

# Annexe 1 : « Événement à Sète »

Pour terminer, je vous livre un autre type de production, un projet de scénario créé en réponse à un concours organisé par la ville de Sète.

## Résumé

Découverte insolite de Sète au ras de l'eau grâce au regard d'un couple de poissons qui parcourt les canaux de la ville le jour de la fête de la Saint Louis.

## Note d'intention

### Mise en scène

Le projet associe différents procédés cinématographiques, jusqu'aux plus modernes :
- les images réelles, hors de l'eau, pour ancrer le film dans la réalité ;
- les images virtuelles, sous l'eau, pour leurs qualités ludiques et facilitatrices ;
- les images en 3D, pour contrebalancer le côté virtuel par une immersion visuelle proche de la réalité ;
- l'exploitation des capacités des cinémas dynamiques, par l'association au film d'une bande de synchronisation de l'action avec les mouvements des fauteuils dynamiques ;
- la diffusion d'odeurs (iode, parfums côtiers de la méditerranée...) et la simulation d'une brise variable pour les séquences émergées.

Appuyé sur un événement réputé dans le Languedoc-Roussillon, le projet consiste à créer un film à la fois moderne, ludique, accessible aux touts petits, et distrayant pour les grands enfants ainsi que pour les adultes.

La durée est volontairement limitée à une trentaine de minutes pour tenir compte de la forte sollicitation des sens du spectateur.

## Scénario

Le regard d'un cormoran fait découvrir Sète au lever du jour en s'envolant de la rive de la Pointe Courte. Le ciel bleu est limpide en cette fin d'été. L'oiseau, après avoir effectué le tour du Mont Saint-Clair, se pose près d'un parc à huître, au large de la pointe de Balaruc.

Il s'envole soudain, monte de quelques mètres, puis plonge. Il part en chasse sous-marine, avale quelques poissons en zigzagant dans les fonds sous-marins, puis revient à la surface. Après une dizaine de secondes, il plonge de nouveau. Il manque sa première proie, une blennie paon (Jojo), puis disparaît dans les méandres des parcs à huîtres.

Jojo, la blennie manquée de peu, s'enfuit pour se cacher au fond de l'eau dans un pot de terre ébréché. Son cœur bat à tout rompre. Après avoir repris des couleurs, il scrute les horizons en sortant la tête de sa cachette, prêt à prendre la fuite. Rassuré, il nage entre deux eaux pour rejoindre au plus vite son lieu de rendez-vous. Il est en retard. Tout le monde est parti, sans lui, parce que c'est le Grand Jour ! Son amie Lili l'a attendu car il avait promis de l'emmener afin de lui faire découvrir la ville.

Ils partent vers le canal de Sète, prennent la passe entre la Pointe Longue et la Pointe Courte ; ils arrivent sous le pont de chemin de fer, où ils restent un instant à regarder un train de voyageurs qui passe au-dessus du canal. Ensuite, ils arrivent auprès de l'échangeur routier Georges Clémenceau ; Jojo sourit en voyant son amie émerveillée par le flot de véhicules sur le pont. Lili voudrait s'engager dans le Canal Latéral vers le Bassin du Midi, mais il l'entraîne dans une autre direction, en suivant des bancs de poissons. Ils franchissent le Pont de la Bordigue et nagent entre les rangées alignées de canots le long des quais. Régulièrement, ils sortent la tête de l'eau pour s'inonder les yeux des couleurs vives des embarcations. Enfin, ils passent sous le Pont Virla et, alors qu'ils pensaient être arrivés, des loups en chasse leur barrent le passage. Ils plongent se réfugier au fond de l'eau parmi les algues. Dès que les loups sont hors de vue, le couple prend un détour par la Darse de Lapeyrade où ils s'alimentent d'algues et de petits crustacés à la demande de Lili affamée. Ils reprennent des forces. C'est l'occasion pour Lili de découvrir la faune et la flore des canaux de Sète (alevins, oursins, algues, etc.) devant laquelle elle s'extasie. Ils prennent ensuite le canal maritime vers le Nouveau Bassin où cargos, paquebots et voiliers attendent à quai. De nouvelles découvertes s'offrent à Lili, subjuguée par les dimensions impressionnantes de ces bâtiments. En débouchant sur l'Avant-Port, Lili pense être arrivée en pleine mer tant l'horizon est dégagé. Jojo la détrompe, la mer est derrière le brise-lame, au fond. Il promet de l'emmener au-delà du port après la fête, en pleine mer.

Dans le port de plaisance, ils n'ont d'yeux que pour la diversité des embarcations. Le long du Quai Richelieu, Lili s'élance pour essayer d'attraper un ver entre deux eaux. Jojo, conscient du danger tente de l'arrêter, il la bouscule mais l'hameçon s'accroche à son ouïe.

Tiré hors de l'eau, il se débat sans parvenir à se défaire. Le pêcheur le prend à pleines mains, le regarde avec une moue de déception, ôte l'hameçon, puis il le rejette à l'eau avec dédain.

Jojo plonge en tourbillonnant vers les profondeurs sombres du bassin avec Lili à sa suite, affolée. Aidé de Lili, il reprend le dessus et remonte au grand soulagement de sa compagne.

Ils passent bien au large de la Criée aux poissons pour éviter cet endroit aux relents mortels. Ils remontent le canal en découvrant les quais et les façades des habitations aux douces couleurs d'été.

Enfin, ils arrivent à destination. Sitôt franchi le dernier pont, le Pont de la Savonnerie, ils découvrent les joutes du Lundi de la Saint Louis. C'est une explosion de joie, de couleurs et de musique qui les attend. Jojo entraîne Lili vers les jouteurs ; ils s'amusent à se faufiler entre les rames qui battent l'eau, ils côtoient avec témérité et bonheur les hommes qui tombent à l'eau. Ils bondissent ensemble hors de l'eau, plongent, jouent à qui sautera le plus haut, qui se rendra au plus près des hommes quand ils chutent.

Par jeu, effronté, grisé par la fête, Jojo arrache une plume d'un goéland qui se laissait porter par le courant. L'oiseau, surpris, s'envole à grands cris en entraînant avec lui une bande d'oiseaux marins effrayés par ce départ soudain. Le goéland vole au ras de l'eau, prend de l'altitude, survole les festivités, puis s'envole vers la ville. Il contourne le Mont Saint-Clair en survolant l'étang, la presqu'île de Thau, le centre balnéaire, le port de plaisance, la Corniche, pour partir, toujours plus haut, par-delà les paquebots en attente au large, vers l'immensité de la mer Méditerranée couverte du ciel limpide de l'été.

(Accompagnement musical, chansons de Brassens : Je rejoindrai ma belle, Le bateau de pêche, Les copains d'abord, etc.)

# Découpage
Durée totale estimée : 30 minutes

---

**Scène 1** (Pointe Courte, survol de Sète, 180 s)

*Action*

Un cormoran est posé immobile sur un pieu à la Pointe Courte.

> *Images*
>
> La caméra décrit une spirale autour de l'oiseau pour s'approcher au plus près.
>
> Le jour se lève, le soleil est rasant, le ciel est limpide, sans un nuage. Fin d'été.
>
> > *Sons*
> >
> > Léger clapotis de l'eau.
> >
> > Cris lointain des oiseaux marins.

*Action*

Le cormoran s'envole brusquement

> *Images*
>
> L'oiseau en gros plan est en contre-jour sur le lever du soleil.
>
> La caméra suit le vol de l'oiseau.
>
> > *Sons*
> >
> > Bruit d'ailes qui battent violemment.

*Action*

Le cormoran vole vers la mer, à basse altitude.

Le mont Saint Clair, sur sa droite, est imposant.

> *Images*
>
> La caméra est à la place du cormoran.
>
> L'image fait des bonds lorsque les ailes battent, puis se stabilise lorsque l'oiseau plane.

> ### Sons
> Bruissement du vent.
> Bruissement d'ailes.
> Cris d'oiseaux marins.
> La sensation pour le spectateur d'être
> l'oiseau est renforcée par le bruit des ailes.

### Action
Le cormoran vole droit vers la mer en survolant le canal Maritime, le bassin Colbert, puis la rade intérieure.

> ### Images
> Vue sur la mer seule, le ciel bleu limpide.
>
> > ### Sons
> > Bruissement du vent.
> > Bruissement d'ailes.
> > Cris d'oiseaux marins.

### Action
Le cormoran vire sur sa droite et revient vers la Pointe Courte.

> ### Images
> Vue sur le mont Saint Clair, illuminé à l'est par le soleil rasant matinal.
>
> > ### Sons
> > Bruissement du vent.
> > Bruissement d'ailes.
> > Cris d'oiseaux marins.

### Action
Le cormoran prend de l'altitude, pour dominer le Mont Saint Clair.
Il le contourne par l'ouest en passant au large de la Pointe du Lazaret, de la Corniche, ensuite il passe au-dessus du canal des Quilles, puis des salines avant de tourner au large de l'île de Thau et de se diriger vers les parcs à huîtres de Bouzigues.

> ### Images
> Vue en altitude des paysages survolés.

Cris d'oiseaux marins.
Bruissement d'ailes.
Bruissement du vent.

## Action

Le cormoran se pose près des bouchots, au plus proche de la pointe de Balaruc.

### *Images*

La caméra quitte le regard du cormoran et se fixe sur lui lorsqu'il se pose.
Elle décrit une spirale autour du cormoran.

#### *Sons*

Clapotis.

---

**Scène 2** (Un cormoran en chasse, 90 s)

## Action

Le cormoran étire ses ailes et prend son envol. Il s'élève de quelques mètres en battant fortement des ailes, puis plonge.

### *Images*

La caméra plonge à ses côtés (Les vidéos sous l'eau sont réalisées en images virtuelles).

#### *Sons*

Plouf !

## Action

Le cormoran chasse des poissons pour se nourrir.

### *Images*

La caméra, placée au-dessus du cormoran au niveau du cou (la tête est dans le champ de vision), suit l'oiseau pendant sa chasse.
Les poissons nagent vivement en changeant sans cesse de direction, mais certains sont avalés.
L'oiseau zigzague entre les algues et les poteaux.
Beaucoup de bulles (sensation de furie sous l'eau).

### Sons

Écoulements d'eau (bruits sous-marins de l'eau agitée par l'oiseau et les poissons).

### Action

Il refait surface et nage à demi immergé en suivant le clapot des vagues, le regard aux aguets.

### Images

La caméra quitte sa position derrière le cormoran pour flotter à côté de lui, tantôt sous l'eau, tantôt sur l'eau (alternance d'images réelles pour les parties émergées et d'images de synthèse pour les parties immergées).

### Sons

Clapotis.

Cris d'oiseaux marins lointains.

### Action

Il plonge de nouveau (sans reprendre son envol) pour une nouvelle partie de chasse.

### Images

La caméra reprend sa place au-dessus de l'oiseau et le suit pendant sa chasse (images virtuelles).

Le cormoran avale un premier poisson bleu-argenté, puis poursuit un petit poisson multicolore (une blennie paon), qu'il manque.

### Sons

L'eau agitée par l'oiseau et les poissons.

### Action

Il poursuit sa chasse sous-marine.

### Images

La caméra reste sur place en montrant l'oiseau qui disparaît parmi les bouchots dans l'obscurité de l'étang.

### Sons

Le bruit de l'eau, agitée par l'oiseau et les poissons qui fuient, diminue d'intensité.

**Scène 3** (Un poisson échappe au cormoran, 45 s)

*Action*

Le poisson (une blennie paon) rescapée s'enfuit.

> *Images*
>
> La caméra suit en vue arrière le poisson qui file très vite entre les bouchots (images virtuelles).
>
> > *Sons*
> >
> > Eau agitée (bruit plus aigus et moins fort que précédemment).

*Action*

Il se réfugie dans une cache au fond de l'eau.

> *Images*
>
> Le poisson virevolte autour d'un bouchot, puis descend au fond de l'étang.
>
> Il part d'un côté, revient en arrière, part de quelques coups de nageoires dans une autre direction, fouille le fond de l'eau. Il s'engouffre dans un vieux pot de terre ébréché.
>
> Le battement de son cœur, qui bat à tout rompre, est visible sur ses flancs qui se gonflent et se dégonflent en rythme.
>
> > *Sons*
> >
> > Bruit de bulles.
> >
> > Battements sourds de cœur.

*Action*

Il reprend des couleurs.

> *Images*
>
> De terne, le poisson devient coloré (corps brun, bandes et taches bleu-vert).
>
> > *Sons*
> >
> > Le son des battements de cœur s'atténue.

**Scène 4** (Le poisson rejoint son amie, 60 s)

*Action*

Le poisson scrute les horizons.

> *Images*
>
> La tête du poisson apparaît alternativement au col du pot de terre, et à un trou de la partie cassée (images virtuelles). Gros plan sur l'œil qui tourne dans son orbite (méfiant, prêt à reprendre la fuite).
>
>> *Sons*
>>
>> Silence.

*Action*

Il sort de sa cachette, puis y retourne.

> *Images*
>
> Il sort lentement du pot de terre, donne deux coups de nageoires, et retourne aussitôt dans son abri.
>
>> *Sons*
>>
>> Bruit de bulles, associés aux coups de nageoires.

*Action*

Il sort de sa cachette, rase le fond de l'étang en se frayant un chemin entre les algues, ralentit au pied d'un bouchot. Un autre poisson apparaît, dissimulé derrière le bouchot.

> *Images*
>
> La caméra, en vue arrière du poisson, le suit pendant qu'il zigzague au fond de l'étang.
>
> Elle effectue un mouvement circulaire autour du poisson quand il ralentit pour s'arrêter auprès d'un bouchot.
>
> La caméra stoppe soudainement, puis effectue un mouvement vif en arrière pour se fixer sur un autre poisson (une blennie, bandes roses, plus petite).
>
>> *Sons*
>>
>> Bruit de bulles, associés aux déplacements du poisson.

**Scène 5** (Les retrouvailles des deux poissons, 90 s)

*Action*
Les deux poissons s'élancent l'un vers l'autre.

    *Images*
    La caméra se stabilise tandis que les poissons tournoient autour du bouchot dans une course poursuite ludique.
    Ensuite, ils tourbillonnent dans les algues en discutant, pour finalement filer droit.

        *Sons*
        Bruit de bulles agitées.
        Les voix du dialogue permettent de comprendre (en plus des couleurs stéréotypées) que le premier poisson est un garçon (voix masculine, Jojo), le second une fille (voix féminine, Lili)
        Lili : Que faisais-tu ? Je t'attends depuis le lever du jour !
        Jojo : Je n'ai pas vu le jour se lever...
        Lili : On va être en retard, les autres sont déjà partis !
        Jojo : Toute la bande ?
        Lili : Tous. Tu avais promis de m'emmener ! C'est le jour ! C'est le Grand Jour !
        Jojo : Tu n'es pas partie avec eux ?
        Lili : Tu m'avais promis...
        Jojo : Tu as raison, et je tiens ma promesse. On ne peut pas manquer ça. Merci de m'avoir attendu. On y va !
        Lili : Dépêchons !
        Jojo : Attention. Il y a un cormoran en chasse ! Il a failli m'avoir.
        Lili : Oh !
        Jojo : Passons dans les algues, suis-moi...

**Scène 6** (La traversée de l'étang de Thau, 105 s)

*Action*

Les deux poissons filent entre les algues.
Ils remontent à la surface de temps en temps pour s'orienter et admirer le paysage.

> *Images*
>
> Découverte du Mont Saint-Clair vu au ras de l'eau (alternances d'images, réelles pour les vues émergées, et virtuelles pour les vues immergées). Fondu au noir entre chaque remontée (notion du temps qui passe)
>
> > *Sons*
> >
> > Bruit de bulles agitées.
> > Clapotis.
> > Jojo : regarde le Mont Saint Clair, comme c'est beau !
> > Lili : Il est magnifique...

*Action*

Ils passent entre les deux phares (rouge à droite, vert à gauche) de Pointe Longue et de Pointe Courte

> *Images*
>
> Sur la rive droite, la Station de Biologie Marine, puis des barques et des filets qui sèchent à la pointe longue.
> Sur la gauche, des habitations et des bateaux à la Pointe Courte.
>
> > *Sons*
> >
> > Bruit de bulles agitées.
> > Jojo : Nous arrivons à Sète, attends-toi à découvrir des merveilles... A droite, c'est la Pointe Longue, à gauche, c'est la Pointe Courte.

*Action*

Ils sont sous le pont de chemin de fer (Pont du Maréchal Foch) au moment où passe un train.

Ils restent un instant à regarder le train de voyageurs qui traverse le canal.

> *Images*
>
> La caméra en contre-plongée passe sous le pont (avant-dessous-arrière).
>
> > *Sons*
> >
> > Bruit de bulles agitées.
> >
> > Bruit du train transmis par vibrations sous l'eau.
> >
> > Lili : Qu'est-ce que c'est ?
> >
> > Jojo : Un train de voyageurs. Il y a des hommes à l'intérieur.

---

**Scène 7** (La traversée de Sète, les loups, 150 s)

*Action*

Les deux poissons passent sous l'échangeur routier Georges Clémenceau.

> *Images*
>
> Vue de l'échangeur en contre-plongée.
>
> Jojo sourit en regardant Lili émerveillée par le flot de véhicules sur le pont.
>
> > *Sons*
> >
> > Clapotis.
> >
> > Circulation routière.
> >
> > Klaxon de camion.

*Action*

Ils poursuivent leur voyage, en s'arrêtant de temps en temps pour sortir la tête de l'eau.

***Images***

Vue fuyante sur le Canal et le Bassin qui paraissent très éloignés vus du ras de l'eau.

Les têtes des deux blennies hors de l'eau à regarder les bateaux amarrés et les maisons ensoleillées.

> ***Sons***
>
> Clapotis.
>
> Jojo : Regarde à gauche, Lili, c'est le Canal Latéral avec à son extrémité le Bassin du Midi.
>
> Lili : On y va ?
>
> Jojo : Non, un autre jour, ou en revenant.

***Action***

Jojo entraîne Lili à sa suite, en suivant des bancs de poissons qui viennent de les dépasser.

> ***Images***
>
> Un banc de poissons argentés passe derrière et devant eux.
>
> Les deux blennies les suivent, mais se font vite distancer.
>
> > ***Sons***
> >
> > Clapotis.
> >
> > Jojo : Viens ! Suivons-les !

***Action***

Ils passent sous le Pont de La Bordigue.

> ***Images***
>
> L'ombre du pont obscurcit l'eau.
>
> En arrière-plan des 2 têtes hors de l'eau, les rangées alignées de petites embarcations le long des quais.
>
> > ***Sons***
> >
> > Bruit de bulles agitées.
> >
> > Jojo : Ça, c'est le Pont de la Bordigue.
> >
> > Lili : C'est un autre pont de chemin de fer ?
> >
> > Jojo : Non, c'est un pont routier.

***Action***

Ils passent sous le Pont de Virla.

Lili alerte Jojo en voyant d'autres poissons.

> ***Images***
>
> Le Pont Virla vu de profil, mais sans effet particulier.
> Trois gros poissons (des loups) passent à proximité des blennies d'une nage lente et inquiétante.
> Jojo entraîne Lili dans les algues au fond du canal.
>
>> ***Sons***
>>
>> Bruit de bulles agitées.
>> Jojo : On est bientôt arrivés. A gauche, c'est la Darse de Lapeyrade...
>> Lili : Attention !
>> Jojo : Qu'y a-t-il ?
>> Lili : Des loups en chasse...
>> Jojo : Des tueurs...

---

**Scène 8** (Le détour pour échapper aux loups, 150 s)

***Action***

Les loups effectuent des rondes dans l'eau.

Jojo et Lili demeurent dissimulés dans les algues sans bouger

> ***Images***
>
> Les deux blennies sont immobiles parmi les algues.
> Elles sont ternes, elles ont perdu leurs couleurs.
>
>> ***Sons***
>>
>> Clapotis.
>> Battements de cœurs sourds.
>> Lili (à voix basse) : Que fait-on ?
>> Jojo (à voix basse) : On attend, ils vont bientôt repartir.

***Action***

Les loups s'éloignent.

*Images*

Les loups disparaissent lentement dans l'eau troublée.

*Sons*

Clapotis.

Jojo (à voix basse) : Ils s'en vont. Je connais un autre chemin pour les éviter.

Jojo (voix normale) : On ne va pas abandonner si près du but.

Lili : Certainement pas !

Jojo : Suis-moi, on va prendre par la Darse de Lapeyrade.

**Action**

Jojo et Lili se faufilent au fond de l'eau.

*Images*

Les deux blennies filent au fond de l'eau, parmi les algues, d'autres poissons, crustacés et objets divers. Lili ralentit, s'agite, zigzague.

Ils grignotent des algues auprès d'une berge. (Découverte de la faune et de la flore de la Darse de Lapeyrade parmi les canots parqués le long des quais).

*Sons*

Bruit de bulles agitées.

Lili : J'ai faim !

Jojo : D'accord, on va se rapprocher des berges pour grignoter.

---

**Scène 9** (La traversée jusqu'au port de plaisance, 150 s)

**Action**

Au croisement de la Darse et du Canal Maritime, ils virent sur leur droite.

*Images*

Les blennies remontent en surface.

Jojo s'oriente.

Lili admire les rives au croisement avec le Canal Maritime et le Pont du Tivoli.

> *Sons*
>
> Bruit de bulles agitées.
>
> Clapotis.
>
> Jojo : On va prendre à droite, dans le Canal Maritime.
>
> Lili : Qu'y a-t-il tout droit ?
>
> Jojo : Tout droit, c'est le Canal du Rhône à Sète, le chemin de l'eau douce.
>
> Lili : L'eau douce ? Tu m'y emmèneras, dis ?
>
> Jojo : Oui, un autre jour, mais pas trop loin. C'est un vrai poison, l'eau douce.

*Action*

Ils prennent le canal maritime vers le Nouveau Bassin où cargos, paquebots et voiliers attendent à quai.

> *Images*
>
> Lili s'arrête, impressionnée par l'immense carène d'un bateau.
>
> La tête hors de l'eau, elle regarde le cargo.
>
> La caméra montre le reflet du cargo dans l'œil de Lili.

> *Sons*
>
> Clapotis.
>
> Lili : je n'en ai jamais vu de si grands !
>
> Jojo : Une autre fois, je t'emmènerai voir un paquebot.

*Action*

Ils débouchent sur l'Avant-port.

Ils marquent un nouveau temps d'arrêt.

*Images*

Vues en contre-plongée des quais du Bassin au Pétrole, du brise-lame de la rade intérieure, et du phare Saint-Louis, en arrière-plan des deux têtes émergentes des blennies.

> *Sons*
>
> Clapotis.
>
> Lili : Nous sommes arrivés ! C'est la mer !
>
> Jojo : Non, nous sommes au port. La pleine mer, c'est au-delà du brise-lame.
>
> Lili : Tu m'y emmèneras, dis ?
>
> Jojo : En pleine mer ?
>
> Lili : Oui.
>
> Jojo : Si tu veux, au retour. On ira voir.

---

**Scène 10** (Le poisson mort à l'hameçon, 75 s)

*Action*

Dans le port de plaisance, Jojo et Lili admirent la diversité des embarcations.

> *Images*
>
> Vues en contre-plongée des bateaux à quai.
>
> > *Sons*
> >
> > Clapotis.

*Action*

Le long du Quai Richelieu, Lili aperçoit un ver entre deux eaux.

Elle se jette sur lui.

> *Images*
>
> La caméra, en repassant sous l'eau, se fige sur un ver qui s'agite.
>
> En arrière-plan, Lili approche, la gueule grande ouverte (sa tête grossit très vite).
>
> > *Sons*
> >
> > Bruit de bulles agitées.

### Action

Conscient du danger, Jojo la bouscule pour l'empêcher de mordre à l'hameçon.

Il est accroché par l'ouïe.

Il est emporté à la surface.

#### Images

La tête de Jojo vient frapper celle de Lili au moment où elle allait gober le ver.

Un gros plan fait découvrir l'hameçon auquel est accroché le ver, pour le voir se planter dans l'ouïe de Jojo.

##### Sons

Bruit de bulles agitées.

Jojo : Non !

---

### Scène 11 (Le pêcheur, 150 s)

### Action

Hors de l'eau, Jojo se débat sans parvenir à se décrocher.

#### Images

Ralenti permettant de découvrir, en arrière-plan du poisson qui frétille, le port de plaisance, le Vieux Bassin (générer de l'émotion en cet instant tragique).

##### Sons

Silence.

### Action

Le pêcheur le prend à pleines mains, le regarde avec une moue de déception, ôte l'hameçon, et le jette à l'eau.

#### Images

Vitesse normale.

La caméra en gros plan sur le visage (terne, ridé, en N&B) du pêcheur ; en arrière-plan, la ville colorée.

### Sons

Fond sonore de la circulation routière, de conversations, de cris de goélands.

### Action

Jojo, plonge en tourbillonnant, inerte.

Lili est affolée.

### Images

La caméra suit Jojo, inanimé, dans sa descente vers les profondeurs sombres du port.

Dans un angle de l'image, Lili tournoie sur elle-même, mais hésite à le suivre.

### Sons

Plouf !

### Action

Jojo remonte avec l'aide de Lili.

### Images

Jojo repasse d'un gris argenté à des couleurs vives peu avant d'atteindre la surface.

### Sons

Bruit de bulles agitées.

### Action

Ils se rejoignent et repartent d'une nage tranquille en longeant la berge.

### Images

La caméra reste un instant figée sur les deux poissons face à face, des étincelles dans les yeux.

### Sons

Clapotis.

Lili : J'ai eu si peur !

Jojo : C'était un pêcheur.

Lili : Un Sétois ?

Jojo : Oh, non ! Impossible, pas un jour comme celui-ci. C'est un étranger.

**Scène 12** (L'arrivée à la fête, 135 s)

*Action*

Jojo et Lili passent au large de la Criée aux poissons.
Ils remontent le canal.

> *Images*
>
> Vue en noir et blanc de la criée.
> Découverte des quais et des façades des habitations aux douces couleurs d'été.
>
> > *Sons*
> >
> > Clapotis.
> > Jojo : Passons au large de cet endroit maudit.

*Action*

Ils franchissent le dernier pont du Canal Royal.

> *Images*
>
> Le Pont de la Savonnerie, baigné de soleil.
> L'ombre imposante du pont obscurcit le canal.
>
> > *Sons*
> >
> > Clapotis.
> > De la musique et des clameurs au loin.
> > Jojo : Nous y sommes, juste après ce pont !

*Action*

Ils découvrent la fête, leur destination.

> *Images*
>
> Un gros plan de la caméra sur l'œil de Lili dresse le tableau de la fête de la Saint Louis, déformé par le phénomène optique de fish-eye.
> La caméra décolle de la surface de l'eau pour montrer les deux têtes émergentes ravies de Lili et Jojo, puis effectue une rotation afin de donner une vue d'ensemble des lieux (les couleurs de la ville, de la foule, des jouteurs et de leurs embarcations).

---

**Scène 13** (a fête de la Saint Louis, 150 s)

**Action**

Jojo entraîne Lili vers les jouteurs.
Ils se faufilent entre les rames qui battent l'eau.

**Images**

Des centaines de poissons de toutes espèces
tournent autour de Jojo et de Lili.
Ils bondissent ensemble hors de l'eau, plongent,
jouent à qui sautera le plus haut.

**Sons**

Le claquement des rames contre l'eau.
Les conversations, les clameurs et les
applaudissements de la foule.
La musique d'orchestre.

**Action**

Un banc de poissons précède l'étrave de chaque
embarcation qui part à l'assaut de l'autre. Jojo s'immisce
dans un banc, Lili dans l'autre.

**Images**

La caméra montre différents plans, des bancs qui se
font face, puis s'emmêlent au moment où ils se
croisent, pour se séparer de nouveau, puis le jeu de
Jojo et Lili lorsqu'ils se croisent.

**Sons**

Bruit de bulles agitées.
Bruits de la surface assourdis par l'eau.

**Action**

Lili et Jojo se sont rejoints au moment où une lance, le trident en avant, tombe à l'eau, aussitôt suivie d'un homme et de son pavois.

> **Images**
>
> Gros plan du trident au ralenti lorsqu'il perce la surface de l'eau.
>
> Plan en entier, toujours au ralenti, de l'homme qui coule et remonte à la surface dans une nuée de bulles d'air.
>
> Jojo et Lili, rieurs, sont portés par la vague générée.
>
> > **Sons**
> >
> > Choc sourd dans l'eau créé par la chute du jouteur.

**Action**

Ils poursuivent l'homme qui regagne la rive à la nage.

> **Images**
>
> Vue, sous l'eau, à vitesse normale, du jouteur qui nage, suivi de près par Jojo et Lili.
>
> > **Sons**
> >
> > Bruit de l'eau frappée par les mouvements du nageur.

---

**Scène 14** (Le poisson taquine un oiseau, 90 s)

**Action**

Jojo s'approche d'un goéland qui flotte à proximité.

> **Images**
>
> Vue, sous l'eau, d'un goéland qui se laisse porter par le courant.
>
> La caméra sort de l'eau pour le montrer à moitié endormi : ses paupières s'entrouvrent brièvement lors de sautes sonores (clameurs soudaines).
>
> Lili effrayée.

### Sons

Le claquement des rames contre l'eau.
Les conversations, les clameurs et les applaudissements de la foule.
La musique d'orchestre.
Jojo : Regarde, Lili ! Je vais lui arracher une plume !
Lili : Non ! Tu ne vas pas faire ça ?

## Action

Jojo lui arrache une plume.
Le goéland s'envole.

### Images

Jojo hésite, avance, recule, fait semblant d'arracher la plume.
Enfin, il se saisit d'une plume avec sa mâchoire et tire de toutes ses forces.
La caméra passe de Jojo rieur à Lili bouche bée.
La caméra sort de l'eau en s'éloignant de Jojo et Lili, pour montrer le goéland qui s'envole.

### Sons

Bruit de bulles agitées.
Bruits de la surface assourdis par l'eau.

---

## Scène 15 (survol de Sète, départ vers la mer, 180 s)

## Action

Le goéland, en s'envolant, entraîne avec lui une bande d'oiseaux marins effrayés par son cri et son départ soudain.

### Images

La caméra suit le goéland, puis prend la place de son regard lorsqu'il survole le bassin où se déroulent les joutes.

### Sons

Cris strident du goéland.
Cris des oiseaux marins.
Bruits atténués de la fête.

### Action

Il vole au ras de l'eau, prend de l'altitude, survole les festivités, puis s'envole vers les pointes, vers l'étang de Thau.

### Images

Vol entre les embarcations des jouteurs, vues du jury, de l'orchestre, du public
Survol du Canal de Sète, passage entre les phares de Pointe Courte et Pointe Longue.

### Sons

Le claquement des rames contre l'eau.
Les conversations, les clameurs et les applaudissements de la foule.
La musique d'orchestre.

### Action

Il contourne le mont Saint Clair en survolant l'étang à l'inverse du chemin parcouru par le cormoran au début de l'histoire.

### Images

Survol de la Pointe du Barrou, de la presqu'île de Thau, du centre balnéaire, du Canal des Quilles avec son port de plaisance, de la plage de la Corniche. Le tout baigné du soleil à son zénith.

### Sons

Le bruissement des ailes.

### Action

Le goéland part, toujours plus haut, par-delà les paquebots en attente au large, vers la mer infinie.

### Images

Survol des paquebots immobiles au large, puis de la mer seule, dans un ciel bleu limpide.

**Sons**
Bruissement léger du vent.

*FIN*

# Annexe 2 : « Prochainement chez votre libraire ? »

### Réincarnation (fantastique)

Célia se faisait une joie de mettre au monde son premier enfant, sa fille. Sur la table de travail, la douleur s'est emparée de tout son corps avec une soudaineté qui surprit la sage-femme. Une infirmière éponge le visage trempé de sueur du gynécologue-obstétricien appelé en urgence.

Célia ne voit plus son mari, il a été repoussé hors de la salle. Autour d'elle s'affairent des inconnus masqués. Des cris, des paroles énergiques sont échangées au milieu des bips sonores des machines. Célia sent son cœur arrêter de battre. Ses poumons, durs comme de la pierre, cessent de respirer.

Puis, dans un sursaut, Célia revit, avale goulûment l'air. Elle pousse un cri perçant alors que tout son corps s'agite, maintenu par les chevilles. La lumière l'aveugle, les bruits lui percent les tympans, elle frissonne...

Quel est ce prodige qui a fait passer l'esprit de Célia dans son bébé ? Comment va-t-elle gérer ce petit corps qu'elle habite après sa mort survenue au moment de l'accouchement ? Est-ce une transition de quelques heures, de quelques jours.. avant que son âme s'envole vers l'au-delà ?

### Verroterie (science fiction)

La veuve Camille Tardi et ses deux enfants, comme des dizaines d'autres familles, se rend vers la Place des Faveurs. Partout sur le globe terrestre, des places similaires ont été créées, avec des noms plus ou moins éloquents. Cette fois-ci, Camille ne vient pas chercher les gadgets les plus extravagants ou utiles que leur offrent les Centauriens depuis qu'ils ont pris contact avec la Terre.

Elle se félicite de l'heureux aboutissement de ses démarches menées depuis des mois, puisqu'elle a obtenu le privilège de partir vers la planète de leurs amis extra-terrestres, le nouveau monde dont rêvent les peuples de tous les continents.

Camille ne pouvait pas se douter de l'enfer qui les attendait loin de la Terre.

### Châtiment (policier)

Après avoir erré une dizaine d'années de petits rôles en petits rôles, au théâtre comme au cinéma, Pablo obtient la consécration lors d'un second rôle qui lui vaut un César. La gloire lui offre enfin des premiers rôles et la fortune. Invité à une émission de télévision pour sa première œuvre cinématographique en tant qu'auteur et réalisateur, à l'âge de quarante ans, il lance un appel pour retrouver, non pas ses amis d'antan, mais les seules amies de son adolescence, toutes celles qu'il a désirées en secret, celles qui s'étaient refusées à lui, et celles qu'il avait aimées. Il cherche à renouer avec chacune afin d'évoquer le passé, et tenter de retrouver les sentiments qui l'animaient. Il veut rattraper le temps perdu, vivre ces amours qui lui ont échappé, redevenir l'adolescent qu'il était, cette étrange partie de son être qui ne l'a jamais quitté.

Hélas, les rencontres qui se devaient être heureuses se transforment en cauchemar. Les trois premières amies qu'il approche sont victimes de meurtres. Le passé de Pablo et de toutes les personnes qu'il a côtoyées est révélé au grand jour par la presse. Malgré le point commun évident entre les victimes, l'enquête piétine alors que les assassinats s'accumulent.

### Rapt (thriller)

Maeva, vient de fêter ses dix-huit ans. Gracieuse avec une silhouette de mannequin, elle suit des études brillantes à la

City University of London. Son père, magnat arabe du pétrole, lui a attribué comme garde du corps une femme d'une trentaine d'années, Inaya.

L'étudiante, qui aime s'encanailler, fausse compagnie à sa gardienne afin de participer à un petit casse d'étudiants en mal de frayeurs. Prise en flagrant délit, elle refuse de donner son identité, puis s'échappe avec une autre détenue pour s'embarquer en sa compagnie dans un chalut vers la France. La liberté insouciante à laquelle Maeva aspirait se heurte à la réalité d'un monde cruel et sauvage. La jeune femme est séquestrée, asservie et ballottée de pays en pays tandis que Inaya répand la mort en suivant sa trace au mépris de sa propre vie.

## Punition (thriller)

A l'époque de l'Angleterre Victorienne, Zabeth incendie volontairement le laboratoire de son mari, John, qui meurt dans les flammes en compagnie de sa collaboratrice, Marie, une parisienne venue à Londres il y a six mois pour l'aider dans ses recherches en biologie.

Après avoir fait incinérer son mari, elle décide de suivre incognito le cercueil de la femme qui est rapatriée en train et en paquebot à Paris. Albert, le mari de celle-ci, scientifique en biologie au comportement étrange, est du voyage. Quel est le mobile de Zabeth ? Cherche-t-elle à compléter sa vengeance en se rapprochant d'Albert ? Espère-t-elle obtenir des réponses aux questions qui l'angoissent ? Quel est le mal dont elle souffre depuis deux ans et dont elle semble soulagée depuis... la mort de son mari ou depuis qu'elle a décidé d'entreprendre ce voyage ?

## Le cottage de Miss Jensenn (fantastique)

Un jeune couple sort de la brume matinale en suivant à pied un chemin de terre qui le mène dans un charmant hameau irlandais baigné par le printemps. L'homme et la femme sont perclus de fatigue. Ils décident de faire halte pour la nuit dans une pension nommée « Miss Jensenn Holiday Home », l'unique auberge du hameau.

En côtoyant les autres résidents, ils découvrent peu à peu les caractères de chacun des hôtes au travers du prisme de leurs propres passés. De même les personnalités individuelles du couple se dévoilent et révèlent les tréfonds de leurs âmes. Les tensions montent parmi les convives. A l'instant précis où certains en arrivent aux mains, la propriétaire apparaît...

## Apocalypse (science-fiction)

L'apocalypse est proche. Avant sa mort, un savant crée des petites créatures, des robios, qui seront capable de survivre à l'anéantissement qu'il pressent, six pour lui, six pour sa femme. Chacune d'entre elles renferme une partie de leurs âmes, résultat d'un tri des émotions : joie, amour, colère, tristesse, haine et peur. Quelques siècles plus tard, lors du retour à un environnement compatible pour l'homme sur Terre, les robios auraient dû s'agréger afin de redonner vie à l'homme de science et à son épouse. Cependant, la perte de l'indépendance gagnée se révèle impossible à accepter par chaque entité. Le couple retrouvera-t-il la totalité de son identité ? Au prix de quels sacrifices ?

## Enfant du 3ème âge (drame)

Marcel est né d'une fécondation in vitro, alors que sa mère était âgée de 62 ans avec des prémices de la maladie d'Alzheimer non encore décelés. Lorsqu'il fête sa septième année, sa mère ne le reconnaît plus depuis des mois. Son père, âgé de 73 ans, est alité dans un centre de soins palliatifs, victime d'un cancer en phase terminale. Il ne lui reste quelques semaines à vivre. L'oncle de Marcel, alors âgé de 68 ans, assure le rôle de tuteur.

Le jour anniversaire de ses 7 ans, Marcel met quelques unes de ses affaires dans une valise pendant que son oncle est endormi dans le salon. Il prend le pistolet de son père et le charge, puis le met dans son cartable.

## Le grand débarras (fantastique)

Gabriel, paléontologue dans un groupe de chercheurs composés d'anthropologues, d'historiens, de théologiens et de professeurs de différentes spécialités en médecine, est chargé d'étudier l'australopithèque apparu en vie dans un village d'Éthiopie dix jours plus tôt.

Trois jours après son arrivée, il reçoit un appel téléphonique de sa sœur Emma qui lui annonce que leur mère est à l'hôpital, en vie. Incrédule, il saute dans un avion pour se rendre au plus vite à son chevet. Pourtant préparé par sa fratrie et les équipes médicales, il s'effondre en découvrant sa mère telle qu'elle était au moment de son décès, victime d'une longue maladie, dans cet hôpital, dans cette même chambre, il y a plus de quinze ans.

Une dizaine de jours plus tard, Gabriel apprend qu'un de ses aïeuls a été retrouvé errant dans la campagne de Verdun avec quatre de ses camarades, tous en uniforme de poilus de la première guerre mondiale.

Quand les résurrections d'hommes de femmes et d'enfants de toutes époques se succèdent, Gabriel tente d'établir un lien de parenté entre eux, en espérant découvrir un embryon de logique à ce phénomène extravagant. Il se rend auprès de chaque nouvelle découverte en compagnie de sa sœur, son frère et d'autres chercheurs. Cependant, son équipe se trouve vite écartée par une organisation supranationale qui muselle la presse et les témoins afin de placer dans un secret absolu les découvertes similaires. A vouloir découvrir les origines du phénomène, Gabriel et son équipe étaient loin de penser l'ampleur des risques encourus, et surtout qu'ils pourraient y perdre la raison.

# Table des matières

# Du même auteur

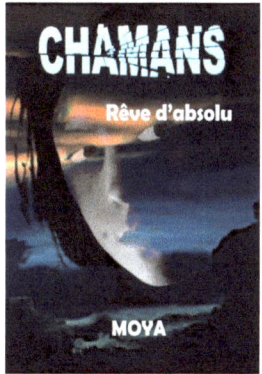

Rêve d'absolu
Roman
Éditions BOD
ISBN : 978 23 22402 73 1

Pilleurs d'âmes
Roman
Éditions Underground
ISBN : 979 10 92387 46 9

An biswen on ti-joupa
Biographie
Éditions Nestor
ISBN : 978 2 36597 339 7

Prochainement

Retrouvez l'auteur sur :
- son blog, https://moya-romans.blogspot.com/
- sa page Facebook, https://www.facebook.com/JPMoya.auteur